U0044680

防空洞上的番石榴

薛素瓊 著

也是推薦序

——為什麼我們不能　就只是勇敢的　去愛

陳則錞

這真是，我生命中，概念更轉化為體驗，的一年。

原來，生命真的可以用瞬息萬變來形容，而，生滅，的的確確，只不過是，晨霧裡，來來去去的片羽吉光。是啊！在帥哥老爸吉祥往生回到光的世界，將滿六個月，以來；在日夜未歇八個月的照護著嚴重過敏的新生兒小女，以來，我終於有機會，更紮實地，稍微體解，什麼？是，如霧亦如電。原來，每個當下，真有千百個生滅，在上演著；無論是生命，或著是，新生兒的皮膚。且，無論我們是歡喜、是愁憂、或是終於悲辛交集的甘願受了，都，無礙於，祂自然律則的轉變。

恰似，那年，因著年少輕狂，計劃和好友合辦一場以「生命、摯愛、告別」為主題的攝影展，其實，原是三人聯展的，後因成員之一，罹癌多年後的斯期，捨報，先我們放下肉身，回到光的世界裡，終，我倆，以「生命摯愛獵影展」面世。

恰似，那年。在展場上，我大喇喇地，書寫著的：「除了在風中裸立，在日下消融之外，死亡還能是什麼呢？」（仿自紀伯倫的先知）；會場的背景，色，是桃色花布匹，舞著春風，和土耳其藍爭豔鬥彩；聲，則是以日本荒木經惟攝影作品為碟片封面，的花之枯，間或西方遊唱詩人的行吟。

昨，霧裡，一家五口回家，正要進門，五歲的大兒子突然問：「為什麼要去捻香呢？」於是我們母子倆有了以下的對話。

「因為，又有人去當小天使了。」死亡，對於我生命此期，在概念上的詮釋，的確，就是回到光與愛的世界，也就是說，生命，在捨報以後，都會有天父地母、諸佛菩薩、聖母聖子等，愛與光的能量，環繞著。所以，當要跟孩子們形容「死亡」這位老朋友，又來了時，我通常，會選擇「當小天使」的說法。

「像牛牛爺爺一樣，也死掉了嗎？」（我那帥哥老爸，常常帶孫兒們，看牛去，所以，被孩子們暱稱「牛牛爺爺」。）「是啊！也去當小天使了。」我說。

「為什麼？——」（尾音拉得好長好長，呢呢噥噥的童音，帶著不捨。）

「因為，只要活著，就有死。就像牛牛爺爺，當他很想很想休息，很想很想睡很久很久的覺了，也就是說，當他累了，想休息一下下了，就會選擇，去當小天使。而且，我們活著，終有一天，也都會死去啊！」

「喔！——」看著兒子和更小的女兒，若有所思，又似心有所悟的神態，我笑微微地，又補上這句，「就像這霧裡的花，好美，這一朵那一朵，開啊開的，當他們準備好了，就掉下來，這樣，就能換別的花，有機會，也開啊開的，之後，再掉下來。我們人類，也是一樣；時候到了，準備好了，就會美麗的出生，像花一樣地綻放，然後，再心滿意足地，回到地球媽媽的懷抱裡。」

父後，又開始，上了超短髮的癮，似，要把一生，再次地，大刀闊斧，然後，分分寸寸，像丈量著思念，再重新，匍匐前行。

好一陣子未謀面的友伴，說「你——頭髮變短了喔？」我笑笑。常碰頭的，則是「哇！你頭髮長得真快，又長些了呢！」未語。久久不見的朋友，卻是問著：「怎還是這麼短？」我聽著聽著，無言。

是啊！就像小小女兒的皮膚，天天照面的，會說「怎麼又這樣了？」，相距不到半晌，另一種音聲「變好了呢！」也會同時出現，且伴著刻意鼓舞的神色，唉呦！殊不知，從昨夜到此刻，我夫妻倆，為陪伴照護這小小妮子，都，仍未能好好地，眠上半個時辰啊，老天。

也像是，在「半閒歲月半閒情」付梓未久的此期，又出書了的這女子，自謙地說「不如之前的呢！」仍是標準的半抹微笑，靦腆著。只是，所謂的好與更好，是怎麼去論斷的呢？為什麼我們不能單純的，就只是去接受，和愛呢？想說的是，生命，的確是，生生地，自強不息著的。說是好轉，或是變差，原來，真的是，看我們，選擇從哪個參照點，來看的。任何經驗，在當下，即已完成。而此刻的掠影，或書寫，也僅只是為了觀照和檢視，這當下的我，是否真正活著，此外，無它。

祝福宇宙鄉親們，都更在自己的生命之流，慢慢地，穿透不同、超越鄉愁、笑納鄉情，然後，就只是，愛。

Aura Isis則錞　於父後六個月　二〇一一・五・十六前，風華居　書

自序

年逾不惑，才開始拾筆寫作，應該歸功於生命旅途中的每一個街口，猶如五光十色的街景櫥窗，除了令人心動神馳的十里風光，還有諸多人事物的機緣媒合，就在那麼一個電光石火的交會下，讓內心潛隱多年的寫作種子，得以萌芽、生根、茁壯。

閒暇從事寫作，從第一篇文稿獲刊，輾轉迄今正好十個年頭，能夠一篇接續一篇的產出，實基於作品獲刊的激勵。十年後，回首寫作一路的足跡，才發現編者、讀者對我的包容。緣於這麼多貴人的提攜與激勵，寫作之路，才得以延續至今。出書前夕，整理手稿，剔除稚嫩之作，每篇皆重新修稿潤飾，盡量保留題旨文意，只對文句作修飾。仍有諸多篇章，理應歸屬刪除之列，但重讀之後，童年回憶一一湧現，說明它在我的回憶封匣裡，占有重要一席之地，所以不忍刪除。

這是第二本散文集，若以寫作時間的先後來論斷長幼，它應屬長兄之輩。這本書大多收錄刊載在金門日報「芸窗晨語」專欄中長達近三年的作品，少數則屬近作。因屬寫作草創之期，沒有紮實的國學根基，以蹣跚學步之態，在文學殿堂左顧右盼，恣意巡曳梭行，紀錄生活中所見所聞所感。文筆淺顯拙樸，每一篇淺白如水的描敘中，皆是生活週遭真實的紀錄。乾妹則錞多才多藝，除了委身撰文推薦，為灰澀黯淡的文本增光華，對攝影涉獵亦深的她，曾舉辦過攝影展，請她提供照片，亦讓文本增色不少。

全書共分四輯，每輯各寓其旨，也各具聲調：輯一「憶取童年時」，以母者之姿，看親兒幼子當今所處之境，憶取小時種種，如墜童年時光迴廊，橫生感慨萬千；輯二「校園書香曲」，以師者之勢，傾聽校園學童朗朗書聲，記取小時讀書情景，道盡截然不同的兩般風景；輯三「溫情滿人間」，捕捉週遭親師友朋點滴風采，感念他們的陪伴與偕行，讓生命的旅程不寂寥孤單；輯四「浮光掠心影」，為自己開鑿一個情感張望的窗口，用善意的雙眼，窺探這民風淳樸、和善的小島，更生惜福感恩之心。

CONTENTS

輯二 校園書香曲

輯三　溫情滿人間

輯四 浮光掠心影

輯一

憶取童年時

記得當時年紀小

走入時光隧道，踏進回憶的長廊，一幕幕遙遠又如昨的畫面，在眼前跳躍著。推開塵封已久的記憶門扉，思緒在硝煙瀰漫氛圍下盤旋、翻滾著……。

當黑夜的布幕襲掩整個大地，屋外一片漆黑，宛如一隻張牙舞爪，守候在門口的兇暴怪獸，準備吞噬每一個踏入黑暗的獵物；屋裡暈黃的燈光，在「外黑裡紅」的布幕圍罩下，顯得更加微弱，好似黑紙上一團推不開的黃色水漬。馬路上，應如探照燈明亮的車燈，上頭貼上了黑色的膠布，微弱的燈光彷彿困在欄柵裡的怪獸，只有低聲的哀鳴著。

乖小孩是要早早上床的，不是童話裡的虎姑婆會出來咬你的小指頭，而是每條馬路的十字路口，全副武裝、荷槍實彈的阿兵哥，他們會厲聲的對你喝令：「口令」。閒雜人等和所有的車輛皆不得通行，宵禁時間已到。午夜的金門島，此時雖陷入一片悄聲黯然的沈寂中，卻又似一隻隨時即可驚醒躍起的睡獅。

當黑夜遠離，旭日東昇的運動場上，大如籃球，小至乒乓球，是運動王國裡的稀有貴族。無垠無涯的藍天，尋不著那色彩繽紛，迎風翱翔的風箏。能夠迎風馳騁在綠色的草地上，牽拉著一隻迎風招展的多彩紙鳶；擁有一顆可以隨意投擲、鏗鏘入框的籃球，是孩子心中最企盼的禮物，卻是爸媽摘不到的天上星星。

廣場上，身穿綠色戎裝的民防自衛兵，正在揮汗操練著；靶場上，子彈推進了槍膛，砰！砰！砰！流彈在空中飛射著。全島不論男女老少，皆是捍衛家園的強兵。「殺朱拔毛」、「反共抗俄」、「消滅共匪」、……的標語，是廣場牆上醒目的裝飾。「反攻大陸」、「殺漢奸」、……，是人人引吭高歌的軍樂。全民同仇敵愾，抗敵的意志高昂，服從領袖是唯一的使命。

農曆正月初九天公生，太武山上絡繹不絕如織人潮，把海印寺擠得水洩不通的景象，是金門島上一年僅有的一次盛況。擎天廳裡載歌載舞，慰勞三軍將士的榮寵，是人前可炫的光榮事蹟。島上處處是禁地，想要任意四處尋幽訪勝，一窺這神秘小島的真實面貌，那是向天借膽的行徑。

永遠忘不了，同窗好友家中購置錄音機的當日，我睜著銅鈴般的眼睛，把欣羨之情寫在臉龐。鄧麗君如黃鶯出谷的「小城故事」，輕柔美妙雖然悅耳，卻不如每天推陳出新的收音機節目更令人期待。擁有一台隨時皆可收聽的收音機，是夢中都會發笑的奢望。

永遠忘不了，赴台求學前，簽辦來回台金出入境的奔波困頓；更忘不了經過一晝夜的舟船勞頓，拖著身心俱疲身子，爬上高雄十三號碼頭，帶著一顆作賊般的心悸，祈求火車站前賣稀飯的小攤老板，能夠生意興隆，無暇辨識「限金門地區使用」的紙鈔。炙手可熱的搶手錢鈔，渡過一水之隔的臺灣海峽，身價一跌即成了人人急於脫手的燙手山芋，它宛如遇著了通貨膨脹的金錢孤兒，孤獨的在淒厲的寒風中哭泣。

永遠忘不了，高中畢業前夕，同年級的一個男生放學後，在黑板寫下了那無關政治的斗大戲謔詞句，隔日，他就如空氣般在校園裡蒸發不見了，留下校園的竊竊私語。更忘不了，全校高三同學齊聚育樂中心，為宣誓效忠國家、領袖的忠誠，寫下為國忠貞的誓言，在滿腦只有升學與就業的徬徨年代。

走出時光的隧道，跳回現實的畫框。嶄新高樓矗立在島上的四方。夜晚燈火如晝，長龍般的路燈，閃爍的街燈，把金門點綴成歌舞昇平的不夜島。草地上、廣場上、球場上、……，處處是人們追逐、運動、嬉戲歡樂的笑聲。小孩童稚的笑聲、老人臉上的安祥、……。如今的金門，成了人人安居樂業的福利首善之縣，人人嚮往的世外桃源。

——原載民國九十六年十二月廿一日《金門日報》副刊

赴台第一回

金門日報斗大頭條新聞：金門機場飛安又向前邁進了一大步，飛機降落能見度降低至〇〇公尺。科技的進步，各種快速交通工具的發明，使得過去有若天涯海角的地球，如今成了咫尺天涯地球村。每天頻繁降落於金門機場的飛機航班，已使過去閉塞的金門之島，變成了今日靈泉湧現的活島，這不能不歸功於四通八達的便利交通網。

讀小學，除了學校，活動的生活圈就是那方圓不過一里多的村子。偶爾搭車赴一趟金城，都要讓人興奮得不能好好的吃一頓飯。上了國中，最神氣的莫過於能騎腳踏車或搭公車到金城去，那是多麼偉大的一件事。國中畢業後，在老媽的恩准之下，和同村的麗羨，還有一大票的同學赴台。猶記得那天午后，軍用卡車把我們這群不知天高地厚的「小大人」載往新頭碼頭。那一夜就在漆黑海邊守候了有如一世紀之久，直至哈欠連連，才帶著睏意入船。我尾隨隊伍直入船艙，左彎右拐的，隊伍竟在餐廳裡停滯不前，正在納悶之際，小道消息傳來，今晚露宿的地點就是太武輪裡的餐廳。第一回嘗到離床過夜的滋味，令人終生難忘。

第一回搭船，啥米碗糕都不知曉，只記得那趟好久好久的搖啊搖之旅，有些同學趴在桌上

動彈不得。我坐在椅上，望著來來回回用餐的水手阿兵哥，大口大口嚼著他們的餐點，而我竟虛弱得一籌莫展，只覺得這趟搖啊搖之旅，是如此的漫長。捱過度分如年的漫長等待，船搖過了黑水溝；好不容易看到了那燈如繁星的高雄港；用僅剩的一絲力氣，把行李拖下船，離開那令人欲嘔的船艙；好不容易在熱心學長的引導下，搭上了往台北的平快火車；更好不容易在擁擠的車廂裡搶到兩個座位，我和麗羨就這樣死守著座位，一刻也不敢稍離，怕被走道上虎視眈眈的旅客給搶了。鐵路沿線整晚不熄的路燈；火車靠站停歇時，繚繞在火車站裡一聲聲「便當」的叫賣餘音；服務生右手擒大水壺，熟練的用左手掀起茶杯蓋加水的巧妙動作；……。成了我對臺灣最初的印象。

天露微白，火車終於在台北靠站，老姐把我們接到師大附近的浦城街，開啟了初次踏

上台灣的新鮮之旅。第一次吃到台灣黏稠的蓬萊米稀飯，簡直愛不釋口。第一次看到淋上蜂蜜的蓮霧，猛吞口水的饞相。第一次在熱鬧的夜市裡，吃到冰涼又多樣的蜜豆冰，直至現在仍令人懷念。

在台灣閒晃近兩個月，同學們一個一個踏上返鄉的路，就剩我一個了。眼看高中開學在即，在老姐面授機宜之下，我自個兒單挑從台北踏上返金的路程。猶記得那一個夜晚，二哥和老姐把我送到台北車站後，在車廂裡陪了我好一陣子，直至火車發出嗚嗚的鳴笛時，他們才依依不捨的跳下火車。我懷著一顆忐忑的心，把沈甸甸的行李夾在兩腳間，裡邊除了一些換洗衣服，就是幾本已無利用價值的國中教科書。同座是一個大男生，一件牛仔褲，在膝蓋處破了好幾個洞，斯文的臉上框了副眼鏡，好意的問我，需不需要他幫忙把行李放到行李架上，我除了搖頭，還是搖頭。一路上，不管他問什麼，我唯一的回應就是搖頭。

孤單一個人踏上回家的路，我格外的謹慎與小心。車抵高雄車站，揮手招了計程車往金門同鄉會，一顆心忐忑不安，宛如懸了十五個水桶般，直至見著了同鄉人，才稍獲得安定。那份異地逢同鄉的悸動，沒有離鄉背井的人，是無法體會的。在同鄉會裡，遇見了綁著兩條辮子的翁明璇老師，高中註冊開學後，才知道她是我們的體育老師，多才多藝的她，遇有大型的大會舞表演，都是她一手訓練的。幾年後，再聽到翁老師時，誰知竟是落得那樣令人不勝唏噓的下場。人生多變，世事無常，誰又能知道明天的事呢？

在台求學，常以搭船搖過台灣海峽為苦。總幻想著有一天，早餐在金門吃廣東粥，臺灣的麥當勞解決午餐，如今這夢已不再是天方夜譚。有了鐵鳥來往，台金來回已彷彿搭自家門前公

車那樣的方便。如今歲月匆匆流逝，年過不惑的我，再赴台灣，竟然視搭計程車為畏途。回想十五、六歲荳蔻年華，單槍匹馬搭計程車到金門同鄉會的往事，真不知那時是從哪兒借來的膽？如今回想起來，心中不覺不寒而慄起來，身子也漸漸的冷了起來……。

——原載民國九十二年九月廿五日《金門日報》副刊

花生成熟時

走一趟菜市場，但見琳瑯滿目的生鮮蔬果，滿坑滿谷，人民生活豐裕的景象，即可窺知。意外的發現三步一阿伯，五步一阿嫂，蹲在地上賣剛煮熟的花生，從他們黝黑的面孔，還有「來買土豆」的叫賣聲中，我的思緒也回到童年那段花生成熟的回憶中……。

六十年代的金門，家家務農，大多倚靠著祖先遺留下來的幾分薄田維生。春耕、夏耘、秋收、冬藏的農事活兒，是一年四季的生活步調。春天兒，下田種花生是全家大小總動員的大事。老爸總是先把田犁好，在一旁待命的我們，早已捲好褲管，赤著腳，等待老爸一聲召喚，大家隨著犁好的田壟，一次放兩顆花生，然後一個腳印將花生踩進土裡。我總是一邊放花生，一邊有趣的數著腳步。花生種下，沒隔多少的天，一棵棵從土裡冒出嫩芽的花生苗，像極了頑童從窗櫺探出好奇的頭，對這陌生的世界好奇的窺視一般。這時刪苗、除草就不是我們小孩子可以插手的事了。

一天，老爸從田裡拔回一把帶花生的花生藤時，我們就知道花生快成熟，準備要採收了，那時大多剛放暑假。用手推車把花生連藤拔回家，找一個陰涼的空地，或一條涼爽的巷弄，挪把

小凳子，好整以暇的把花生一粒一粒的揑下來，放在小籃子裡。對一個只知玩的小孩而言，坐在冷板凳上數個小時，做的盡是單調無趣的揑花生，簡直是苦差事一樁，比之在教室上四十分鐘的課，更令人難耐。尤其耳邊不時傳來遠處同伴戲耍的歡樂聲，讓人不覺對花生橫生恨意來，花生種多了，花生豐收了，都成了我的怨言。望著老爸、老媽因豐收而合不攏嘴的笑容，我的心情卻有如跌停板的股市，豈是一個「悽悽慘慘」可形容？

有時老媽覺得把花生連藤帶回家太麻煩了。一大早，她就會像宣讀聖旨般的隆重，交代我們要煮中飯、衣服要洗、雞鴨豬隻要餵養、……，因為她要到田裡去採收花生，中午不回來了。言下之意，我們忙完所有的家事，還得在日正當中的午時，為她捎去午餐。

頂著炙熱的午時陽光，還沒來到老媽指定的田地，遠遠的就可看到樹蔭下，一個頭戴斗笠，埋首在花生藤堆中的人影，不用猜疑，那就是我年年辛勞、日日辛苦不得休息的老媽。她總是匆匆的呷了幾口稀粥，繼續埋首在花生藤中。有時她也會要求我們加入揑花生的行列，這時我們心中的不耐，比之在家裡巷弄揑花生，更是有過之而無不及，但在母命難違之下，也只有忍氣吞聲的幫忙著。老媽看出我們心中的不願，為了鼓勵我們，特別訂定獎勵辦法，只要能揑滿一籃花生，就可得兩元的獎金，在沒有零用錢，更沒有零嘴的年代，那微乎其微的獎金，竟也成了我們與不耐抗爭的最佳動力，它支撐著我們靜坐在田壟旁一整個午后的時間。

花生收成了，接下來就是煮熟曝乾，一大鍋一大鍋的花生加鹽煮熟後，再用繩子把滿籃的花生吊到屋頂上曝曬。曬花生的事兒不是一天兩天的工程，總要利用幾個艷陽天，連續曬個好幾

天。清晨，太陽露臉，就得把花生從袋子倒出來曬；日落黃昏，再把花生收到袋子裡，這樣收收曬曬，總要忙上好一陣子。

曬乾的花生，經過老媽細心的挑揀，果實飽滿的寄給遠在新加坡的大姨媽，核癟仁小的留給自己吃。此時牆角的瓦甕就派上用場了，老媽總是按大小裝滿五甕的花生，告訴我們是哪一甕花生的主人。大哥分到的就是最大甕的，排行老么的我理所當然是最小甕的。在沒有零食可吃的年代，那一甕花生就是我們最佳的零嘴。有時發現甕裡的花生短少了，不用懷疑，一定是哪一個自己的花生捨不得吃，撈過界吃別人的花生了；沒上鎖的瓦甕，花生來來去去，大家雖心知肚明，卻也相安無事，沒有人會為花生失竊的事爭吵。

花生除了煮熟外，老媽也會留些生的，為明年播種或逢年過節蒸糕用。此時剝花生又成了我們的苦差事，剝得緊時，手指發紅、發疼是常有的事，心中的不耐煩與揑花生時是不相上下的。老媽就會在滿滿一米篩的待剝花生中，置放些熟花生，讓我們一邊剝，一邊尋找的樂趣，又可解解饞嘴。

如今金門的社會已轉型，大部份的家庭不再務農，孩子吃的零食更是五花八門，令人目不暇給，花生已成了零食角落裡不起眼的角色。但童年種花生、拔花生、揑花生、剝花生的種種，卻成了我封匣箱中最珍貴的回憶……。

——原載民國九十二年八月三十一日《金門日報》副刊

那段躲防空洞的日子

上台自我介紹，常以出生在八二三砲戰隔年作為開場白。民國四十七年，揚名中外的金門八二三砲戰，我有幸未能遭其蹂躪，但我的童年卻是在戰爭砲火餘威下成長、茁壯的。

自有印象以來，「單打雙停」是金門夜空常上演的戲，家家門前的防空洞是這場賭注的必備籌碼。每逢單號晚上，約莫七點多，對岸的砲聲總是準時報到。老媽身經百戰的靈敏耳朵，總是在砲聲隆隆的適當時機，催促著我們幾個小蘿蔔頭往防空洞裡鑽，她卻老神在在的做著她永遠忙不完的家事。砲聲震耳欲聾時，我們總是摀著耳朵、弓著身子，猶如一隻受驚嚇的蝦子，蹲在防空洞的牆角，祈求上天的垂憐眷顧，讓平安降臨浯島的每一塊土地上。

雨季過後，防空洞進了水，「單打雙停」的戲如常演著。防空洞裡置張長凳子，人就站在凳子上，靜待砲聲的遠颺。夜深時分，四周一片靜寂沈默，砲聲由遠而近，已入睡的我，被一聲聲「咻——碰」的砲聲驚醒，用棉被將全身紮實的裹緊矇住，鴕鳥心態想來誠屬可笑。砲聲對幼小心靈所造成的傷害，至今回想起來，仍令人不寒而慄。

一天夜裡，一發子彈不偏不倚落在我們家右後方，所幸並未造成人畜、房屋的損壞。隔天，

一道深不見底的彈洞，成了大家爭睹的災後現場，我們小孩子更上了一堂機會教育。對中共的敵意在悄然中滋長，同仇敵愾的愛國情操日益茁壯，那是課堂上老師口沫橫飛灌輸所望塵莫及的。

宣傳彈在空中爆開，宣傳單好像天女散花般的撒落滿地，在防風林耙草的日子裡，荒煙蔓草中，常見隨風起舞的簡體字宣傳單，大家總是謹記不看的原則，搶拾繳交給老師。學期結束時，學校對繳交宣傳單最多的同學，也總是不忘加以褒獎。

「珠山公園」山腳下那如迷宮般的土洞，是防空演習最佳場所。未識戰爭愁滋味的我們，在微弱燭光的閃爍引導下，就在千迴百轉的土洞裡鑽來鑽去，最後竟忘了所為何來，興奮的玩起了捉迷藏的遊戲，想來實在令人啼笑皆非。曾聽說過八二三砲戰時，那兒就是全村避難之所，還有不少躲在洞口的村民遭到砲彈炸死呢！

每年的民防訓練，更是砲聲下金門的重頭戲。唸高中時，必修的軍訓課打靶，多少手無縛雞之力的女同學，托著槍射靶的剎那哭了。勇敢的我，雖不至於淚眼婆娑，但閉上眼再扣板機，卻是我射擊的不二法門。已屆民防參訓年齡的我，從珠山遠道至東沙宗祠集訓，我們站衛兵、持槍操練、救護演練……，彷彿明日戰爭即將爆發，一絲都不敢掉以輕心。

天災與人禍，自古即為人類所苦。天災肇因於大自然的肆虐，非人力所能操控；人禍卻是人類自作孽的結果，其恐怖又以戰爭為甚。無怪乎古有名言：「寧為太平狗，莫為亂世人。」道盡了亂世之下人們的驚懼與無奈。

——原載民國九十二年五月二日《金門日報》副刊

夏夜回想曲

是地球溫室效應吧！夏天一年熱過一年。午後約三時，日正當中，毒辣的太陽吐著火舌，大地彷彿熱騰騰的蒸籠一般。街上只見三兩行人匆匆掠過，騎樓下，躺在地上的老狗，也懶洋洋的伸吐著舌頭，彷彿哭訴著對燠熱天氣的不耐；柏油馬路，被太陽烤曬得像發軟的「黑年糕」。路的盡頭，氤氳上升的蒸騰熱氣乍隱乍現，讓人有著置身沙漠「海市蜃樓」般的虛幻。

太陽下山了，西邊的紅霞將天空渲染得像塊彩布，天色卻仍是亮晃晃的。籃球場上，幾個年輕小伙子滿場奔跑，廝殺搶球聲不絕於耳。運動場上，幾個有著運動員架勢的年輕人繞場跑著，在這揮汗奔跑的畫面中，穿插著三兩個老弱婦孺繞著場子散步，一圈，又一圈……。

巷弄間，偶爾見到一個後背幼兒的媽媽，跟隨在騎三輪車的小孩身後，在巷間來回穿梭戲耍著。社區裡那棵番石榴樹下，幾個阿婆、阿嫂手搖蒲扇，低頭交耳的閒話家常，其餘的人都不知隱身何處去了？

屋內，客廳電視機前的小觀眾，如痴如醉沈浸在虛擬的卡通世界裡。晚飯後，換上了另一批觀眾，遊走於各台「愛、恨、情、仇」連續劇的劇情中。不愛看電視的，每人各關一間冷氣房，

你打你的電腦，我看我的書。每人彈自己的調，吹自己的號，生活是場獨奏的演唱會。

小時沒有電視，甚至連電都闕如的年代，一入夜，全家吃完晚飯，有誰願意待在屋裡？小孩們招兵買馬玩捉迷藏，大人們圍坐家門口「開講」聊天，整個村子人聲鼎沸，比之白天更是熱鬧十分。這邊的小孩吆喝抓到誰了，那邊傳來大人們洪亮的笑聲。生活是一曲共奏的交響樂，圓融和諧。

女生扮起家家酒，大家都搶著要當老師，因為老師最有威嚴。男生玩累了捉迷藏，擒了手電筒和魚網，他們要去抓青蛙。遊戲玩膩了，青蛙抓累了，就換個新鮮刺激的吧！成群結隊摸黑到田裡偷採香瓜，摸著了瓜，一路笑罵追逐，一邊啃著香瓜跑回家。瘋狂的活動，終於在筋疲力盡和大人呼喚聲中畫下休止符。夜深了，該回屋睡覺了吧？才不呢！屋內仍像蒸籠般的燠熱難受，哥哥們又爬至屋頂，幾個麻袋架起簡單帳篷，今夜就在涼風徐徐的屋頂上過夜。但無設防的蚊子就如夜行加班的飛機，整夜在耳邊嗡嗡作響，還不時左右夾攻，一場巴掌與蚊子大戰，一夜未曾停歇過。最後熬不過睡神的屢屢召喚，只好乖乖的回房睡覺去。

夏夜裡，東沙醫院廣場上，每週一晚的電影放映，犒勞官兵總是如期舉行，鄰近村子的影迷必也聞風而至。不用廣播，時間一到，大夥成群結隊去看免費露天電影。電影散場後，再一路結伴回家。黑漆漆的回程，伸手不見五指，仗著人多嘴雜，在微弱的手電筒照射下，即使走過路邊的孤墳前，恐懼也因人多勢眾而減輕。有一回，看罷電影，回家的途中，竟然看到了滿天閃爍的螢火蟲，彷彿星星下凡的流光，就在眼前飄啊飛啊。頑皮的男生群起而捉，螢火蟲有的被拍死了，屍身還閃著銀光。我捉了一隻，如獲至寶般把它裝在塑膠袋，半夜醒來，還睜眼檢視牠是否依然存在？天亮了，塑膠袋

作者自攝

完好如初，螢火蟲卻杳無蹤影，小小的夢破滅了，一團霧般的謎也永遠罩在心頭。

如今，一入夏夜，孩子們死忠守著電視機，這台看罷轉那台，永遠輪轉不累的遙控器，電視成了孩子們夏夜最親密的伙伴。冷氣屋外，見不著孩子們追逐嬉戲的身影，更聽不到歡樂的戲耍聲。有的是家家戶戶冷氣機排放出來的熱氣和吵雜的冷氣機運轉聲，還有幾隻飛蛾在孤寂的路燈下飛舞著……。

夜深了，電視機的聲音停了，房間裡的人是不是也都歇了呢？才不呢！此時，一群夜行出巡者，正情緒高亢在電腦的虛擬世界遊晃呢！看來這也是一個不眠的夜啊！

——原載民國九十三年十一月一日《金門日報》副刊

追憶

今年老媽的忌日正巧是週六，我擱下學校雜務，閒悠悠的回到老家祭拜老媽。為了管線地下化的工程，一個嶄新屋宇與頹圮土角厝雜陳的村子，到處都是挖掘一半的施工路段，一輛車子只好停在村口處，我懷裡揣著相機，徒步像一個外來的觀光客，遊走一遍這三十年前生活的地方。

三十年前麗羨家住的「將軍第」，如今已成了嶄新的民宿，新的紅磚在紋路清晰的黑條線裝綴下，整棟新厝更顯得奕奕神采，過去頹廢老屋前一塊用土堆高的圓台地已不見，記得一個夏日夜晚，我們在台地前玩耍，麗羨的大弟側躺在台上，一隻手高舉向上，初始以為他在戲耍，大家都不以為意，五分鐘過了，十分鐘過了，他的姿勢仍是維持不變，這時眾人才覺得詫異，爭相叫他、喚他，原來他以那一手擎天的姿勢，竟然也與周公相約，沈沈的進入夢鄉去了。年幼不及十歲的他，一時成了大家爭相笑談的對象。

三落大厝前有個水井的「侯仔」家，兩屋之間的窄巷，是我們這群猴模猴樣小孩攀蹬、練腳力的場所，兩腳跨在兩牆之間，一蹬一蹬竟也蹬上屋頂。如今牆面仍完好，地上的磚全被鑿開，只為埋設管線。位於三落大厝後面的珠山老爺民宿，屋前的大紅燈籠高掛，地上更擺置了成排的

小盆栽，想來經營主人應是個深知生活美學的人。大門深鎖的屋內不得窺知，三十年前，屋內有個水井，住著一家人，女主人曾跟老媽扯腿糾髮的狠狠打過架，她的一個啞巴女兒，年歲比我還長，長長的頭髮，比手劃腳的模樣，卻成了我畏懼害怕的對象，加上長一輩結的冤仇，即使無邪天真的我們，也不敢踏入他們家一步。

未到村內唯一兼辦郵政業務的協記商店，就聽得狗吠聲陣陣，手無寸鐵的我，即使在懼狗如探湯的兒子面前，常大聲嚷著「有什麼好怕？」，扮英雄安慰兒子，這時竟也亂了方寸、慌了手腳，看來改道繞行是我唯一的選擇。我轉彎繞過「大村」的番仔樓，三十年來，它屹立不搖，絲毫沒有改變，倒是屋旁一個籃球架下吊垂著一張籐椅，讓我心生好奇與興奮，想來這籐椅的主人，應是一個風雅之士，懂得生活情趣之人。

越走越迷離，兒時的「大村」本來就不是我熟悉的地盤，如今更份外生疏，這家屋內住著誰，那戶房子又是誰的，一棟棟的新宅，像被移了位置的棋子，錯亂之中我恍惚走入了時光的迷宮，竟尋不著方向。但兒時的景象，卻歷歷如在眼前。一路上，除了村口那群手拿電鑽，鑽得噪音滿天價響的工人外，只碰著一個掃地的婦人，看見一隻被綁起來，向我狂吠的黑狗，還有聽得幾聲不見狗影的狗吠聲，一個處處是新屋新院的村子，竟如一座沈睡之城，讓人在幾許熟悉中，又感到些許的陌生與惶惑。

村郊外，原本是土角厝的「東宮」，已成了鐵將軍把守的廟宇，廟前採光罩下的香爐，讓這座廟宇，稍顯其莊嚴與端凝。往靶場走去，滿天泥塵飛揚的泥土路，已鋪成了水泥路。兩旁

一畦畦整齊的農田已不見，起而代之的是高過人頭的雜草、芒草叢生，黑褐色的雜枝裡，我識得是銀合歡的樹種。那條兒時浣衣的清溪，只留下路旁兩塊水泥椿可辨識，溪水已乾枯。我沿著水泥路直達靶場，只見一輛鮮黃色的轎車，停在大樹下。不見人，不見嚼草的牛隻，更不見荷槍實彈的阿兵哥。一座原本人聲鼎沸，練習槍聲砰砰作響的靶場，如今在北風依然狂吼之下，像一個褪去戰袍的力衰戰士，只能撫著斑駁生銹的槍枝，聲聲追憶著過往的豐功偉績，讓我不禁也為之感到悲從中來。

尋得原路返回，我跨上國家公園鋪設的石階，直上珠山公園涼亭。亭裡的木造座椅，在風吹雨淋之下，已顯露其老舊腐朽。放眼望去，俯瞰整個村莊，紅瓦屋簷

仍是整座村莊的建築主體，國家公園為維護金門閩南建築特色，可謂厥功甚偉。涼亭是珠山的最高點，兒時是我們戲耍、躲貓貓的場所，常見阿兵哥帶著漂亮小姐穿梭其中。每逢過年前，跑到涼亭上，眺望料羅灣，等待在臺灣讀書的哥姐搭船回家過年，它常成為我第一個通風報信的得力助手。沿著石階直下，兩旁的矮灌木欉，細枝小葉，仔細一瞧，原來大多是七里香樹種。在沒有木麻黃可耙，廚竈缺柴火的時候，拿個大布袋，鑽進樹欉裡，掃一袋落葉回家當柴火，常成了我們放學假日的工作。

踅一圈兒時生活的村莊，再回到經過改建，煥然一新的老家，大家已在燒冥紙了。我站在供桌前告訴老媽：「我回到三十年前的家了，老媽您也要回來，即使是在我的夢裡也好。」

——原載民國一〇〇年四月三日《金門日報》副刊

清明掃墓

清明節，數十年未聯絡，前年才得以見面的小學同學，突地來了一通電話，我訝異以對，匆匆撂下手邊工作，開車就尋她去。一條筆直的小路，從兩旁剛被披斬的雜草可看出，是幾天前才被整理出來的，為的可能就是這樁宗族掃墓的大事。

才幾步路的光景，出了兩旁高過人頭的芒草，眼前豁然開朗，兩座偌大的祖墳，左較高，右稍低的展現在眼前。上百個宗族鄉親，男女老幼齊聚站在墳前，我適時趕上了三鞠躬禮。行過禮後，左尋右瞧，張張熟識的面孔，有兒時的玩伴，也有小時的長者，當然也有後起之輩的陌生臉孔。大家把臂言歡，有如大宅院裡鄰居般熱絡，一時場面喧鬧雜吵如市場。一張熟稔的臉孔勾起一串回憶，每串回憶都是濃得化不開的血緣之情。觀睹此情此景，讓人禁不住打從心底的竊喜欣慰。在人群中尋得了小學同學，兩人的興奮自不在話下，道不盡的兒時歡樂情景。

清明節，是個令人神傷情悲的日子。今年難得有四天的連續假期，未放假前，客居台北的老姐就捎來信息，要我記得買花去上墳，給老爸和老媽磕頭。我一口允諾，心想離清明尚有幾天的時間，趁著難得假期，約同事渡海到廈門晃蕩一圈，趕在清明前回轉應不礙事的。誰知三天後回

來，哥哥們為了避開鋒面報到的惡劣天氣，早就為老爸和老媽上墳去了，徒留下心中無限懊惱與悔恨的我。有道是「清明時節雨紛紛」，清明當日滴雨未下，但「路上行人欲斷魂」卻一點也不虛。

小時，村中有三家雜貨店，「小社」的兩家也兼賣生鮮魚肉，唯有「大村」的協記商店只賣乾貨兼辦郵政業務。清明節當日，終生未娶，後來罹癌過世的「大頭兒仔」總是在午後時分，從協記商店攜出一大桶「番仔餅」，沿路吆喝著「來去掛大祖的墓哦……」、「來去掛墓紙哦……」、「來去……」，一聲比一聲還要洪亮。我們這些尚就讀小學的蘿蔔頭，吃過午飯後，早就豎耳聚神等待他的召集令，這時一聽「要去掛墓紙」，馬上成群結伴的尾隨他身後。他像招兵買馬的將領，一路威風凜凜的率帶著我們來到珠山車站附近。跨過一條大溝，在滿是荊棘的雜草堆中，掛上五顏六色的墓紙後，他會要我們依序排好隊伍，然後發給我們每人幾個圓圓的「番仔餅」，把一整桶的「番仔餅」都發完後，大家才興高采烈的笑鬧跑回家。

上了國中，除了老師說的不能再玩「老鷹抓小雞」外，老媽也開始禁止我跟著大家去掃「大墓」了，老媽雖未明說，但我的心裡暗忖，應該是肇於女兒終究是別人家的觀念在作祟吧！三十年後的今天再見祭掃「大墓」情景，已是不同的一番新景象，過去大多是小孩子參與的場面，換以今天是男女老幼皆有，即使是遠嫁的女兒亦可回來共襄盛舉。時代的巨輪向前邁進，無疑的，亦促使了守舊觀念的改革與變通，這是可喜可賀之事啊！

祭掃「大墓」不能再去湊熱鬧，但老爸帶我們去祭掃家墓的事，卻是我們所不能推辭的。連續近一個禮拜的清明春假，除了家中春捲皮熱賣工作之外，老爸一定會挑一個午後，扛著鋤頭，

帶上祭拜的發糕、香燭、墓紙、……，率帶著我們從「后浦下」走到「龜山頂」，經過「花園溝」來到「燕南山」，那是近「東社」的一處亂葬崗，橫七豎八的土墳，到處是塌陷的墓坑，我總是撫著心口、小心翼翼的，深怕一個不慎，一腳踹進坑裡，被鬼捉了去。有時瞥見坑裡白骨橫陳，驚悚恐懼讓我有如踏進鬼屋般的血壓飆高，心速狂跳。

一路上，老爸宛如打開家族歷史長卷般，開始放送族譜錄音帶：這個阿祖的墳墓泡在水裡，他日要幫他改葬；那個阿祖活了四十多歲，終日憨憨吃，連穿衣服也不知增減；……。來到靶場邊，防風木麻黃林下，阿祖的土墳已被風沙掩埋，老爸還是會用鋤頭就近鋤個墓狀，依然掛上五彩的墓紙。走到靶場

後，這塊祖公地被祖先典當外人，如今已成他人的祖產，……。每一年的錄音重播，聽得哥哥們一臉凝重認真，要嫁作他人婦的我，倒是有一句沒一句的聽著，有點真，又有點糊。繞村子一大圈下來，總要直到日暮時分，大家才能拖著疲憊身子回轉。

如今，老爸和老媽相偕雲遊仙界已逾六個年頭，匆匆人生歲月，前望路漫漫，越發的感到前程茫茫無望，回首從前來時路，兒時情景卻歷歷在目，彷如昨日之事。多年來，祭掃家墓之事，已由哥哥們代勞，今年在因緣際會之下，我竟得以再參與祭掃「大墓」的盛事。世事難料，心中之感慨，又豈是一個「筆墨無法形容」可道盡？

——原載民國一〇〇年四月十一日《金門日報》副刊

鄉野打柴記

何其幸運，又何其不幸的當了職業婦女。忙完學校第一「戰場」的清理工作，下班後，喘息尚未甫定，又連忙殺入第二「戰場」——廚房，洗手作羹湯，準備一家子的晚餐。這時候的客廳，四四方方會唱、會跳又會演的電視機，也正如火如荼的上演著精彩的卡通節目，小蘿蔔頭鼓噪吶喊的盛況，絕不遜於廚房砰碰作響的鍋鏟聲。廚房、客廳真個壁壘分明，井水不犯河水，兩場戰火各自按牌理激烈的進行著。

一向對電視很「感冒」的我，這時總習慣從客廳的戰場，調兵遣將的將兩個已近二八芳齡的女兒，叫至廚房當我的助手，一則幫忙洗菜、剝蒜、拍薑，二則臨場觀摩烹調技藝。雖然插手的機會不多，但在耳濡目染之下，實習久了總知道豬肉怎麼切？蘿蔔怎麼刨皮吧！有一回，叫她們把蔥剝一剝，大姊姊二話不說，一刀就把整個蔥頭給剁下，剩下蔥尾，愣在一旁的我還真為之氣結。更有一回，熱鍋冒火，請她們速關瓦斯，左旋右轉，急得滿頭汗，竟尋不著門徑。過去生活貧困，同村與我同齡的阿英，十五歲就嫁作人婦，開始操持一家子的生活。現今的孩子在百般呵護、嬌寵下，空長年齡，不長生活智慧，連自己都照顧不來，又如何去照顧一家子的生活呢？

小時，沒有掌廚為全家洗手作羹湯的經驗，蹲在竈前燒煮一餐飯，卻是每天例行的工作。沒有瓦斯爐，竈成了一家飲食的炊具。為了儲存足夠的柴火，課餘的首要工作，便是耙草去。背上四方形的竹籃，手擒耙子，只要有落葉乾草的地方，就可以看到三兩個小孩，你爭我奪搶著耙草。馬路兩旁的木麻黃離家較近，是大家搶耙的首選目標。馬路邊耙光了，穿過珠山靶場，到海邊防風木麻黃林，落葉較盛，但路途來回頗遠，空手去時尚能輕鬆應付，滿載回轉時，就頗費體力。只有假日，拉了手推車，我們才會選擇海邊防風林，行一趟耙草之旅。

作者自攝

靠村內的防風林被耙光了，只好更深入海邊的防風林，為了炊飯的柴火，即使飢渴難耐，也得撐持著，直到回家才能歇息。

離珠山車站不遠的「花園溝」，是個長年駐紮軍隊的營區，層層鐵絲網圍攔的營區，是一個我們小孩子感到好奇，也想一窺究竟的神秘之地。一回，幾個男生的帶領下，我緊隨哥哥身後，一群小鬼頭，帶著一顆顫慄又興奮的心直搗營區。跨過鐵絲網，乍見厚如地毯的柴草，一陣狂呼，大家七手八腳的把草搶耙一空，看著滿載的竹籃，大家心滿意足的稍事休息。這時突然發現不遠處，一棵一棵的番石榴樹，微黃的果實纍纍滿枝頭，空氣中飄著陣陣成熟的甜味，大夥一躍起，又展開第二回合的搶摘行動。正當大家陷入如痴如醉的豐收之旅時，不遠處傳來一陣狗吠聲，抬頭一看，啊！不是一隻，而是一群狼狗正朝著我們狂奔而來，大家一陣驚慌，顧不得其他，趕緊攜帶所有的戰利品，展開第三回合的行動——逃難也。那張驚心動魄的畫面，至今還常出現在午夜的夢境裡呢！

木麻黃的落葉被耙光了，只好到珠山公園內掃樹葉，在低矮的樹叢裡，鑽進鑽出的把可燃的樹葉，掃進麻袋裝回家，多少鮮為人知的山洞、山溝，在我們一時興起，大玩捉迷藏時，竟也成了我們藏身的最佳處所。

煮飯了，竈裡要維持著柴火燃燒的狀態，飯菜才能烹煮得好吃，竈口前就需要有個人專職添加柴火，否則一頓飯必煮得「二二六六」，飯菜口感必定也差。坐在竈前添柴，常是我的工作，雖不是耗體力的事，但對一個玩心頗重的小孩而言，卻有如坐針氈，尤其是酷暑的夏天，竈前的

高溫，更是令人燥熱難耐。

一年暑假，沈浸在章回小說裡，好不容易把一鍋稀飯煮好，熄了竈火，手捧「四傑傳」衝到天井，續看精彩的「唐伯虎點秋香」情節，這時天空飄下如絮般的草灰，初始一絲一絲的，我毫不以為意，直至越飄越多，密如陣灰，我才驚覺到情況不對，衝進廚房一看，我的天啊……，竈前已是一片熊熊火光，堆在竈前的柴火也被波及，所幸廚房外就是儲滿井水的水缸，我趕緊用水瓢一勺一勺的把火撲滅。那天晚上，免不了又被老媽數說了一頓，吃了一頓索然無味的晚餐。

如今有了瓦斯爐，童年耙草、添柴煮飯的經驗也成了回憶。現今的孩子不但不識耙草之事，連瓦斯爐的使用也成了難題，真不知他們長大後的回憶是什麼？是「第一神拳」？是「網球王子」？還是「哆啦A夢」？……。

——原載民國九十二年八月十一日《金門日報》副刊

生死一線間

美伊戰爭的偌大新聞，席捲了各電視台、各大報紙的頭版，更成了街頭巷尾人們茶餘飯後的話題。飽食之後，坐看美伊戰爭新聞，對我而言，真有如隔岸觀火般，有著不痛不癢之感。新聞看完，飯照吃，覺照睡，彷彿船過水無痕般，由不得要讓人懷疑起戰爭真的如此可怕嗎？

事情的可怕與否，應該是以有無切身關係而定。與自己有利害關係時，即使是掉了一串大門鑰匙，都會急煞人，讓你有如熱鍋中的螞蟻，終日惶惶不安；與自己無利害關係時，就算是出了人命關天的事，也不過是地球上少了一個人，與我何干？

讀史書，少不了戰爭的記載，紙上一段轟轟烈烈的戰爭描述，讀者看時，匆匆掠過，有時還不如觀看鄰家兩隻狗爭咬的刺激。觀看兩狗相咬，尚有可能慘遭池魚之殃，讀白紙黑字戰爭記載，書中的大刀又不會揮出砍人，何懼之有？但若要仔細思量，一場戰爭是多少血和淚羅織而成的？它使多少人流離失所？多少人命冤死？多少人擔驚受怕？造成多少財物的損失？其損失不僅是有形物質的損耗，心裡所造成的創傷，更是永難撫平。戰爭一旦觸發，試問一把利刃要砍向何方？一顆子彈要落向何處？是你可以決定的嗎？戰爭中的錢財，薄如廢紙；戰爭中的人命，賤如

螻蟻。戰爭中的生命、財產，有如海市蜃樓般虛幻不實；戰爭使人的一生努力付諸流水。戰爭不可怕嗎？

金門的古寧頭、八二三砲戰，遠近聞名，在那武器不甚先進的年代，士兵仍是戰場上的主力，那如過江之鯽的敵軍，如何深陷在異鄉土地，最後戰死沙場，連個馬革裹屍的禮遇都沒有。老爸說起古寧頭戰役，戰死的敵軍，滿坑滿谷，最後都被一一拖至糞坑掩埋，糞坑滿了，就填溝壑，拖屍的人，拖到手軟，拖到心麻木，身上沾染的屍臭味，連洗三天澡都難消。如此畫面，用想像都令人欲嘔，何況置身其中的拖屍主角呢？戰爭不可怕嗎？

老媽更提及八二三砲戰躲防空洞的日子，趁砲彈稍歇的空檔，從後山的防空洞偷跑回家作飯，飯剛煮好，砲聲也似聞香而至，當她衝出家門，準備跑回防空洞，就在那千鈞一髮，「碰——」的一聲巨響，一顆砲彈不偏不倚就落在她的眼前，潛意識動作，她即刻趴倒，頓時煙霧四起，眼前一片迷濛，只覺得一陣天昏地暗，什麼都見不著，待她回過神，從地上爬起，幾尺之遙的同村人已當場慘死。老媽每提及這段往事，總是不勝唏噓，若是當時未能僥倖逃過那一劫，今日也就沒有我們了。戰爭不可怕嗎？

戒嚴時期的金門，全民上下一心，時時為戰而備，家家戶戶的防空洞，刻刻為戰而設。記不得是哪一年的八二三砲戰週年前夕，村公所嚴格檢查各家戶的防空洞，只因共軍戰敗後，曾誇下海口要再回來，全島備戰的緊張情緒，就因那一句話而渲染開來。防空洞徹底整修打掃外，家家戶戶更搶購戰備糧、日常用品……有如戰爭即將觸發一般。那風聲鶴唳的緊張氣氛，就足以讓人

神經緊繃得寢食難安。戰爭不可怕嗎？

戰爭何其可怕，沒有身歷其境的人，是不能體會其中的殘酷。金門這個蕞爾小島，曾經歷過多次砲火的洗煉，卻愈見其堅韌不屈。如今在煙硝砲聲已停熄下，一切是那麼的祥和寧靜，生活在這裡的每一個人，更該珍惜這戰後餘生安定的日子。

——原載民國九十二年五月十四日《金門日報》副刊

我家門前是泥土地

寒假一放，離過年仍有些許時日，走了一趟大陸山東。行前的興奮和期待，每一次的雲遊四海都是雷同的。把該準備的用具全打包，不怕多帶，只怕出門在外，遇到「叫天不應，叫地不靈」的窘狀。行李出奇龐大，因時值嚴冬，去的又是冰天雪地的高緯度山東。行前每天關心氣象報告，已為那零下十幾度的低溫，冷得牙齒直打哆嗦，所以該帶的禦寒用具，一件也不敢少。

一趟山東之行，不啻又為自己開了一扇視野的窗。看到路旁白皚皚的積雪，更瞧見如「石花凍」結冰的湖庫，對終年生活在不知「雪」為何物的我們而言，有如注了劑強心針般的令人雀躍。繞著劉鍔老殘遊記中的「大明湖」，告訴自己正在檢視著騷人墨客筆下的風花雪月；看到了終年泉水噴湧的「趵突泉」，喝到了讓我改變對酒仇恨的「趵突泉啤酒」；也參觀青島有名的「青島啤酒廠」；更坐纜車登上了五嶽中的東嶽——泰山，迎著那冷冽有勁的寒風，站在泰山「玉皇頂」傲視周圍群山，那種唯我獨尊、天人合一的感慨是不可言喻的。

直往山東省會濟南市的途中，寬敞的道路兩旁，林立低矮的店鋪和住家，沒有明亮的彩色招牌，更沒有豪華的裝飾門面。只有寫在牆壁上斗大的標語，再覷一眼店鋪前的空地，竟是塵土揚

天的泥土地，洗車的店鋪前盡是泥濘，給人寸步難行之感，我的思緒不由得就與小時家門前那塊泥土地搭上了線……。

標準的三合院，大門口右側就是防空洞，終年像一塊磐石般屹立不搖，擋住了半邊的門前風景。防空洞裡，一年有半載是積水盈尺，每逢村公所下文要檢查，兄弟姊妹在老媽的喝令之下，才一桶一桶往外淘。夜間空襲時，它是我們幼小心靈的慰藉；入夏，洞頂上幾棵垂枝纍纍的番石榴，更是缺乏零食年代解饞的聖品。也曾在上面栽種過五顏六色的花草，包括一觸即合葉的含羞草。它的用途和好處雖不少，但仍比不過門前的那塊泥土地。

孩提時，光腳在泥地上奔走，是如魚得水般的自在。門前泥土地，雖然佈滿細碎的小石子，凹凸不平的地面，卻是我們遊玩戲

作者自攝

要的寶地。跳繩、搶金塊、過關、打彈珠、……，讓我們流連忘返，總是要老媽聲聲催喚，才肯干休回屋。尤其是打彈珠，在泥地上挖一整排的小洞，把彈珠彈進洞裡，再續彈下一洞，直到所有的洞都彈過，有如打高爾夫球，一桿接一桿，誰先馳得點誰贏家。俯身趴在地上，與泥土作最親密的接觸，聞著泥土香，每次灰頭土臉，滿身泥垢回家，免不了被老媽數說一頓，但明日仍樂此不疲。

高中時，水泥地已如洪水，淹沒了每戶人家的門前，我家仍是泥土地，隨著年紀增長，少女的羞澀，赤腳行走機會大減。高二，學校大會舞演練，女生脫鞋赤腳，多數城區嬌嬌女，教室至操場，不及百米之遙，恍若長江面闊之難泳渡。家門前仍是泥土地的我，光腳丫走路，卻有如解脫腳鐐般的輕盈自在。

曾幾何時，門前的泥土地鋪上了水泥或紅磚，從此嗅不到雨後飄浮在空氣中的泥土香，再也看不到在泥地上打滾追逐的孩童，更尋不著為了一顆彈珠而全神貫注的眼神。光著腳丫與泥地親密接觸，對當今孩子來說，那是千載難逢一次的際遇；弄得滿身泥垢更是一件罪大惡極的壞事。泥土地已脫離我們的生活圈，除了少部分的農事耕作外，再也無機會與泥土地接觸。

生活品質提昇了，環境潔淨整齊了，但生活在水泥叢林裡的你我，是不是也失去了與大自然作最窩心的情感交流呢？光著腳丫，在泥土地上奔跑追逐的畫面，是不是也將成為烙印在你我的腦海裡的一幅畫呢？

——原載民國九十三年四月十二日《金門日報》副刊

電視兒童

讀小四的兒子，每天從學校回來，書包往桌上一擱，人往沙發一癱，第一件事絕不是大聲嚷嚷：「媽……，肚子餓！」而是手持遙控器尋找他的卡通節目，開始了他與電視難分難捨的約會，家課忘了要做，晚飯不知要吃，經年累月，日日如此，看在我的眼裡，感慨在心裡。現今的小孩變了，與五、六十年代的小孩，在生活習性上是截然不同，但沈迷電視的天性卻是一脈相承！

在我聲聲催飯命令下，兒子依依不捨的放下手中的遙控器，離開那偎依已久的沙發，心猿意馬的嚼著晚餐，那食不知味的嚼蠟食相，真叫人心疼。不到一頓飯的工夫，他匆匆放下碗筷，以迅雷不及掩耳之勢，衝回電視機前，繼續做沙發上的馬鈴薯造型——看電視去。留下滿臉狐疑的我愣在一旁，心想：「他真的吃飽了嗎？」

卡通節目如火如荼的繼續延燒，已讀國中的姐妹倆也火速加入觀看陣營，三個小蘿蔔頭看得目不轉睛，嘴巴微張，平時難窺的眉間笑意，只有此時才展現原形。看到激情高潮處，渾然忘我的姊姊，興奮得跟著手舞足蹈起來；看到劇中滑稽好笑的畫面，童稚的笑聲，更勢無忌憚的從他

們的嘴巴狂洩而出。望著他們如痴如醉的模樣，我的心裡是百味雜陳，那幅童年看電視的景象，彷彿又重現在我的眼前，如幻又似真！

童年時，村中有電視的，例皆是有錢人家，像咱們家既與大富大貴絕緣，連小康都搆不著邊的家庭，只好上演著借看別人家電視的戲了。猶記得最開心的莫過於放暑假了，在無課業壓力下，可以明目張膽的遊走各家電視機前，不論是「大村」水賓家十四吋的，抑或是「小社」正中家廿吋的，只要有節目，一律照單全收，看得津津有味。夏天時，廣場對面商店承立家，把十四吋黑白的小電視，搬到廣場上招徠顧客的新點子，受惠最大的莫過於我們這群白看的小觀眾了。多少老少咸宜的連續劇，如歌仔戲「七世夫妻」淒美的愛情故事，賺了多少觀眾的眼淚。「孟麗君」皇甫少華和孟麗君懸疑的愛情故事，又讓人捏了多少的冷汗。「西螺七劍」阿善師的蹤跡成謎，緊緊的扣住多少觀眾的心弦。桂香和劍英（石峰飾）的愛情故事，又讓多少人為之魂迴夢牽。惡毒的黑孔雀（王滿嬌飾）、趙金順的惡行，至今仍令人為之恨意癢癢。連續劇「保鏢」的主題曲，對音樂白痴的我，至今仍能朗朗上口……。

六十年代，台金仍欠缺通訊，電視台只有三家，電視轉播台仍未架設，看電視是要看老天爺心情而定的，若逢天氣好，接收視訊良好，那天的晚上，可用「萬人空巷」來形容，人人都看電視去了；若遇天候不佳，畫面不清，只聽到電視沙沙作響，我們謔稱是廣告賣海水，那一夜就不是一個「度日如年」可形容了。有時連續劇正在高潮精彩處，大夥看得如痴如醉的日子裡，守著電視當收音機聽，也是常有的。與今日電視節目之多選擇，電視畫質之優，實在是天壤之別啊！

快樂逍遙遊走於電視機前的暑假，總是過得特別的快。開學了！老媽禁看電視的命令一下，初始幾天最難熬了。夜晚讀書時，手裡捧著書，看著紙上遊移的黑字，心裡牽掛的卻是昨晚片尾出現的神秘客是不是阿善師？這回趙金順不知又要想出什麼毒計來陷害劍英？……思緒繞著那未完的電視情節千迴百轉，整個心思早就飛到九宵雲外。

有時按捺不住蠢蠢欲動的偷看慾望，趁著老媽出外串門子的空檔，站在我家門前，扮「千里眼」瞇起眼，隔空遙看承立家十四吋小電視，竟也看得如痴如醉。如今鼻樑上的眼鏡，就是這樣跟它結上了緣。更有得寸進尺的，溜到水賓家看個夠，當然並不是每回都是有驚無險的。一回，偷看罷那高潮迭起的連續劇，以為仍如幾次前神不知、鬼不覺，誰料前腳甫踏進家門，老媽那粗重的扁

擔棍就落了下來，那一晚是如何捱過的，已不甚記得，但老媽那嚴峻中透露著失望的眼神，至今卻仍深印腦海裡。

諸多的因素，直至赴台求學，家中仍未購買電視。待在異鄉漂泊遊學，學畢返鄉，大哥才為家中添購了第一台廿吋黑白新力牌電視。有了電視，沒有了課業的壓力，可以不用再偷看電視了，可惜電視卻已失去了誘惑的魅力。直至如今，它只是我空閒時，偶爾瞥一眼新聞報導的道具而已。

古人云：「世事古難全。」更不知誰曾說過：「上天總是喜歡跟人開玩笑的。」仔細玩味，還真的有點道理。年輕少女有著婀娜多姿的身材，但大多阮囊羞澀，無法如願置裝；當荷包鼓鼓，能如願購衣時，人卻已老、珠已黃，再華麗的衣裳也難掩身材走樣的醜態。沈迷於電視的兒童，有著課業的壓力，未能盡興遊走各電視節目間；待無課業壓力，有餘力看電視的時候，電視卻已失去了誘人魅力。兩例之間的道理，豈不都是上天喜歡跟人開玩笑的最佳證明嗎？

——原載民國九十二年六月廿四日《金門日報》副刊

夜幕低垂時

經過白天溽暑的「閉關修行」，晚飯後，人們就像一隻隻飛出牢籠的小鳥展翅翱翔，除了可沐浴在清風徐徐的晚風中，尚可欣賞這燦爛輝煌的夜景。耀眼的夜燈，把大地點綴得如此的光采奪目，令人為之神顛魂倒，美的訊息接收不暇……。

光亮的世界予人一種祥和靜謐的氛圍，置身其間是如此的溫馨；但晦暗的場景卻讓人燃起莫測高深、危機重重的緊張意識。七十年代以前的金門，一到夜晚是一片漆黑，出個門，沒有隨身攜帶手電筒，簡直寸步難行。在一腳高、一腳低的摸索中，沒有摔進臭水溝，那已屬萬幸。每家的燈管，用裡紅外黑的燈罩遮住，那可是村公所檢查的重點項目哦！屋內的燈火管制如此嚴格，更遑論屋外的燈光了，夜行的車燈，上半部必須用黑膠帶貼上，至於路燈，一盞也沒見過，商店的招牌、霓虹燈更在禁止之列，看也沒看過。如此漆黑的夜晚，出個門就是摸黑、跌跤，即使屋外有涼風徐徐相伴，但為安全計，只好躲在家中，或在自家門口或庭院裡乘涼消暑、話八卦、望星星。沒有夜燈爭輝的夜空，星星倒是格外的明亮，應該是上天為金門另開的一扇窗吧！

唸高二時，金門高中左前方的金聲大戲院，是當時首屈一指的大戲院，可容納的座席多，

所演的片子更常是叫座又叫好。有一次，上演著轟動一時的「楚留香傳奇」，聽過同學繪聲繪影的描述後，我和幾個死黨同學相約去瞧個究竟。那天放學後，在「先斬後奏」的衝動下，我貿然的沒有按時回家，幾個人就鑽進了爆滿的金聲大戲院，流連在楚留香風流倜儻的英姿、胡鐵花粗獷的豪情、天一神水的神秘中、……，渾然忘了戲院外夜幕已悄然掩垂。如此逍遙了兩個鐘頭，待曲終戲罷，踏出戲院，才驚覺到外面已是一片漆黑，真可謂是伸手不見五指。我的心一陣驚慌，有如懸了十五個水桶，七上八下的忐忑不安，此時方知好戲才是真正要上演了。

家就在城區外五、六公里的鄉下，早上是騎腳踏車來上學的，這回公車已停駛，步行回家更是不可能了。千盤算、萬

作者自攝

思量之下，我鼓起衝鋒陷陣的英勇壯志，跨上「老爸階級」的載貨腳踏車，向著回家的路上狂奔。兩旁是魑魅搖晃不清的大樹，樹下就是半公尺深的水溝，路上連個行人的鬼影都沒瞧著，幾分鐘才從前方、後方一閃而過的車燈，成了我一路上最企盼見到的救星。就這樣的，我一腳高、一腳低的在馬路正中間，狂踩著那有如千斤重的腳踏車。好不容易抵達家門，老媽如機關槍的連環砲就直掃過來，我的心神尚未甫定，按捺著那顆狂跳不已的心，回頭望著身後那漆黑的夜幕，再回想一路上的驚恐不安，老媽霹靂作響的連環砲，早就如風飄至我的耳後……。

燈火管制之下的附屬品，就是宵禁的規定。每晚十點之後，每條路上的十字路口，站崗的阿兵哥架起路障，開始管制車輛的來往。此時，外出者若未能即時回家，很抱歉，只好在外叨擾親朋好友了。有一回，全家到育樂中心看晚場電影，行前篤定可在宵禁前趕回，誰知片子太長，竟超乎預料，戲演完，一路上不敢稍作逗留，一家子馬上驅車回家。還未到榜林圓環，一看！乖乖！幾個阿兵哥早已架起了路障，全副武裝向我們盤問起來，我的心中正暗忖，是原道打回金城去叨擾三哥呢？還是做無賴強闖過關？抑或是撒謊欺騙一時呢？一向「老實」兩個字寫在臉上的老爺，直截了當的回答：「我們去看電影了！」衛兵聽後一臉茫然，我趕緊接著說：「我們去看『國父傳』！片子很長，所以遲了些。」聽到「國父傳」三個字的衛兵，這時彷彿被注了一針強心劑般，突然從茫然中甦醒過來，馬上答道：「『國父傳』？好！好！過去！過去！」一家老小才如釋重負般的通過重重路障，回到離路口不及百米之遙的溫暖小窩，結束了這段驚心動魄的宵禁歷程。

光明與黑暗，兩種不同的場景，塑造兩種不同的心境與個性。戒嚴時的金門，國難當前，在敵人窺伺下，人們的生活處處受到侷限管制，自由的範圍亦受到框限，塑造了金門人謹慎、勤樸、勇敢、有責任感。如今解嚴了，很多的禁制解放，生活的尺規亦放寬了，林立的路燈，閃耀的招牌、霓虹燈，彷彿昭告著金門人解嚴後的心聲。祈求如此燦爛光亮場景之下，金門人不會迷失在五光十色的繁華之中，永遠保有純樸、堅毅、勇敢的金門人本色。

——原載民國九十二年八月四日《金門日報》副刊

囝仔愛年兜

過了年，年味漸漸淡了，窗外稀落的鞭炮聲，此起彼落仍在耳畔迴響著。過年，一直是中國人腦海中最精彩的畫面，也是小孩子回憶中最難忘的一頁。

小時，過年前一個月，家裡就開始忙碌起來了。老媽賣掉大豬，手中握著一整年辛勞換來的血汗錢，開始為過年盤計起來了。首先得挑個吉祥日子，進行「掃舍」的神聖工作，一尊尊的菩薩、神主，被請至天井進行淨身工作，用橘汁塗擦過的佛身更見光潔亮麗，剝剩的橘瓣常成為我垂涎等候已久的點心。

農曆十六祭拜樑神、土地公，吃了尾牙的春捲，老媽開始上街為我們張羅過年的新衣、新鞋，每年購買的款式雖然都是學校的制服，但已足夠讓我們雀躍不已。買米、浸米、炊年糕，更是需要數日才能完成的大工程，用鍋盆蒸熟的甜糕、鹹糕，炸年糕、煮甜糕湯，足夠讓我們吃到過年元宵後。

老媽總是冒著冷冽寒風，趁著冬日暖陽露臉，到井邊清洗、漿燙全家的被單、床單。上街採買年節食品，大籃小包，等候有若一世紀之久才一班的公車，如此來來回回的往城裡跑了無數趟後，此時過年的年味才漸漸的濃了。

廿三送走灶神君，祭拜宅主、土地公，餵養牛欄、豬舍的「五畜興旺」。老爸開始在大廳地板上，排列起井然有序的春聯，為左鄰右舍揮毫。過年的氣氛已悄然嗆入每個人的鼻中，直竄那五臟六腑，那是濃得化不開的傳統年味。

從頭到尾都在一旁觀戰的我們，終於得輪番上陣了。從護龍小房間的窗戶開始整理，廂房、穿堂、天井，一直清洗到大廳的地板，連續奮戰了幾天幾夜後，手推車推走了一車車垃圾，刷洗出一桶桶髒水，讓塵垢蒙蔽了一整年的家，終於有了清新怡人的景致。除夕一早，廚房裡的竈火就不曾停歇過，準備了隔年飯、隔年粉；拜了佛祖，祭了祖先。老爸的春聯也一副一副貼上了大門小窗，連米甕、水缸也不忘貼張「滿」，以示不忘對未來一年豐衣足食的期許。

除夕夜，吃了團圓年夜飯，記不得是幾歲開始才有壓歲錢的，終年作牛作馬的老媽，即使再苦再累，我們兄弟姊妹五人，一定都可以從她手中領到紅包，雖然僅是區區的兩個硬幣，但對終年與零用錢無緣的我們，已是最大的奢望。還記得有一年，二哥將省下來的十個硬幣，放在新制服口袋裡，準備過新年好好花用，我趁著人不知、鬼不覺的一天，把它摸去買糖吃了，五毛錢可買到十顆酸梅糖的年代，是多麼誘惑的一件事啊！直到二哥發現時，那十塊錢已被我吞用了二塊錢。

除夕夜，鞭炮聲響不斷。新的一年，終於在我們的期待中來到，天微亮，就按捺不住那顆興奮的心，拜好祖先，隨意扒了幾口早齋，就和同伴衝向車站候車。遲遲才來一班的公車，常在我們望眼欲穿的等待中過站不停。我們常是缺乏耐性繼續等候，就成群結隊徒步到金城去。有時一字排開壓馬路；有時到金門高中運動場看舞龍舞獅，滿場鑽動的舞龍舞獅十八般武藝好不熱鬧。

場內「強強滾」，場外更是人山人海，人人臉上笑嘻嘻，逢人見面就是「新年好」。三家戲院（金城、金聲、育樂中心）更是人擠人，場場爆滿。有一年金城戲院演「周處除三害」，戲裡，人爬在高樹上怕被老虎咬；戲外，人爬在椅子上看熱鬧，場內大爆滿，那盛況豈是「水洩不通」四個字可形容？

除了進城逛街、看電影外。與友伴玩玩撲克牌，賭賭小錢；找個賣「再抽」的友伴光顧，試試手氣如何。那幾天真是逍遙自在，除了不用做家事，更可肆無忌憚的「只要我喜歡，有什麼不可以？」過新年真是小孩子「做皇帝」的日子。

過新年，我們歡天喜地的出門去遊玩，留下老媽一個人在家，默默清洗著除夕夜換洗下來的汙髒衣物。過年前的忙碌，好像從全家的同心協力，變成了孤軍奮戰的局面。

其實不然，緊隨著一年中的重頭好戲——拜天公日子的到來，另一波的忙碌又揭開了序幕。浸米、磨漿、炒花生、印糕模、入籠炊蒸；緊接著殺雞宰鴨、三牲五禮的齊備。這時太武山成了大家矚目的焦點，平時不開放的太武山，湧進了成千上萬的遊客。整條山路紅男綠女如織，海印寺更是香火繚繞，善男信女蜂擁而至。元宵節雖有「小過年」之稱，但過年的味道似乎漸漸淡了，那晚若能提提「春捲燈」，舉舉「火把」，跟隨在大人身後，在廟裡鑽來鑽去，有時把同伴的燈給燒了的惡作劇一番，也別有一番快樂在心頭。

非得忙到元宵過後，學校開學了，這濃郁的傳統年味，才會漸漸被朗朗的讀書聲取代。過年賽神仙的生活，是小孩最快樂的日子，有道是「大人亂操操，囝仔愛年兜」，說得一點都不假。

如今孩子買新衣、新鞋已不稀奇；要吃、要喝，平時更是有多種選擇。領壓歲錢紅包這碼事，仍是他們關注的焦點，只是他們的胃口變大了，如果能夠全家再出國一遊，對他們而言，那才是真正的過年。真不知這種過年的感覺，是幸？抑是不幸？

防空洞上的番石榴

防空洞什麼時候有的，記憶裡尋不著印象。依附著三合院門前而建，不論是經常深鎖的大門，或是常出入的護龍側門，一探頭，就可以看到它，像屹立不搖的磐石，如影隨形的守候著這一幢屋宅，更像恪守崗位的侍衛，保護著這一家人的安危。兩米入地，地面一米，不及大門圍牆高，紮實的龐然水泥結構，遮了門前大半風景。從大門往外看，望不著右邊廣場的川流繁華；從側門出，看不到左邊將軍第的官運亨通。不論是遮右或擋左，聽過愚公移山的故事，卻從來沒有閃過要將防空洞移開的念頭。單日晚上，砲聲由遠而近，一聲聲如雷般的轟然巨響，在心中震盪，它是全家避難的碉堡，更是我們小孩子心靈的守護神。

防空洞頂，貧瘠的沙土上，除了長些雜草，別無他物。不喜讀書的二哥，書是沒讀出什麼丁點大，但拈花惹草，爬樹摘瓜，修腳踏車補破胎，他最行。跟村中阿壽，兩人形影不離，如穿同條褲子，患難兄弟般。阿壽帶來了幾株番石榴，尋不著落根的土，光禿禿的防空洞，成了它們生長的家。幾株不起眼的番石榴，像麻油菜籽般，竟在貧瘠的防空洞上生了根，發了枝，長了葉。彷彿吃苦耐勞的金門人，再怎麼艱困的環境，都能生存下來。

作者自攝

春末初夏，番石榴雪白的花開滿枝，缺了蜂蝶嗡嗡作媒，花蕊花瓣落滿地，厚厚的番石榴枯葉上，一層白色的花蕊花瓣，宛如巧克力蛋糕灑上一層白色糖霜。等待番石榴由彈珠漸成雞卵般大，隨著暑假來臨的腳步，每個夜晚都作著番石榴甜熟的美夢。

燠熱的暑氣把大地蒸騰得如煙似幻，成熟的番石榴結滿枝椏，用鼻力吸，空氣中瀰漫著一股成熟甜味。晏起的清早，幾顆熟透等不及的番石榴，早已凋落掉在地，彷佛經過一夜戰爭煙硝，頓失母枝庇護，只得各尋安身立命之所。早起的麻雀們，在枝椏間歡樂跳躍，雀聲啁啾不停，一場甜果品嚐會正在

進行。趁陽光尚弱，擒了臉盆或鋁鍋，撥枝翻葉的尋找成熟的番石榴，成了每天清早的事。低枝的果實被摘光了，長竹竿上綁個杯口大的布袋，像探照燈般伸入每個不可及的角落，尋回被遺棄冷落的孩子，給予撫慰一番。

滿盆的番石榴，填飽了飢餓的肚子，也是餽贈左鄰右舍的食物。路過的，抓一把，邊走邊吃；想吃現採新鮮的，蹬上防空洞，爬上番石榴樹自己採。下頭的人像交通警察，一隻手指揮這，引導那，嘴邊猛喊：「左邊一點，再左邊一點」、「右邊有一顆，一顆大的」、……，彷彿熱鬧的街口。

熟透實軟的番石榴，雙手一掰，像黃澄的鬆軟麵包，不需有挫刀般的厲牙，甜吃在嘴裡，瞇成線的雙眼，把幸福的滋味寫在臉上，熟得落土的番石榴深得婆嬸叔伯青睞。我喜歡啃青脆作響的青果，彷彿沒經過一番深鑿力磨，就吃不出其一路成熟的艱辛。秋風未起，番石樹上的果實稀了，只剩高枝末梢幾顆遺世獨立般虛晃著，只有藉助長竹竿布袋才能手到擒來。稀少時的番石榴特別好吃，甜如米糕，偶爾摘得一顆被鳥啄食過的，刀切一半，洗洗，一樣吃得嘖嘖有味。

防空洞，冬暖夏涼，深邃的洞穴，提供砲火下生命的寄託；番石榴，多籽價便宜，在缺水貧瘠的環境下，仍然能夠恣意滋長茁壯，果實纍纍掛滿枝頭，成為水果中受青睞的常客。彷彿砲火餘威下的金門人，在戰爭洗禮下，有著沈毅、樸實、耐勞的個性，不怕苦，不爭功，在人們心中永遠佔有重要一席之地。

兒時，三餐溫飽已屬難事，水果更是稀客，滿山遍野的土番石榴，成了水果中的要角。如

今，水果攤上，各式各樣，五顏六色鮮果，進口、臺產、本地齊集一攤，水果已如家常菜。孩子不喜歡吃水果，購買時，盡挑自己喜歡的，番石榴、葡萄、蘋果、蕃茄，成了餐前飯後最常吃的水果。小時的番石榴，如今已被碗口大的泰國芭樂取代，成了每次必購的水果。緣於吃芭樂不必刀切，只要洗洗即可，低甜高纖助消化，又有飽實感，飯前吃上半個，正餐就不必狼吞虎嚥，長久以來，每日一芭樂，倒也成了習慣。喜歡吃芭樂的理由雖然一籮筐，但仔細思來，應該是懷念防空洞上番石榴成熟的那段童年時光吧！

輯二

校園書香曲

讓我們看海去

那年暑假來得特別慢，但該來的還是不會缺席。七月一日是金門地區學子興奮的日子，因為……放暑假囉！

大人期待「錢多事少離家近」的工作，如果能偶爾休個假，讓你喘口氣，四處遨遊去，那是再美好不過了，學生最期盼的則是放寒暑假了。休業式，校長、主任在臺上苦口婆心的叮嚀要注意暑期安全，吩咐要充實假期生活。台下孩子們，一顆心早像掙脫牢籠桎梏的鳥兒，不知飛向哪一個快樂國度去了？

七月二日中午，剛讀完小一的阿昌，在同班阿虎的哥哥阿龍邀約下，就迫不及待到海邊戲水。這一去……，阿昌就沒有再回來了。

由不得讓人要問問海龍王，像阿昌那種坐不住椅子，一堂課，總要起身遊晃好幾回；不知要洗澡，常被同學排擠，不願與他同座；吃起飯來，快又多，排名第一的小孩。把他招去做女婿，不會嫌太沒有眼光嗎？問歸問，與阿昌相依為命的爺爺哭紅了眼睛，也喚不回阿昌，改變不了這殘酷的事實。阿昌這一去，除了讓阿昌的同學，掬一把同情之淚外，也讓身為阿昌導師的我，不

禁要問：「海！真的那麼具有致命吸引力嗎？」

事隔四年，又帶了另一班一年級的小蘿蔔頭。每天跟前跟後，老師這個長，老師那個短，偶爾也會肉麻兮兮，湊著小臉跟你說：「老師！我愛你！」他們的天真可愛，與四年前兩行鼻涕，一口「臭乳呆」的阿昌，多了一份自在。但從他們提早寫作簿：「這個星期六，我們全家去海邊挖貝殼」、「我們用沙堆城堡」、「我下次還要去」、……，不難發現，他們喜歡海的天性是一脈相承，絲毫無改的……。

四周環海的金門，純樸的民風習俗，缺了聲色犬馬可流連，少了燈紅酒綠可追逐。假日，全家相偕到海邊戲水，成了解嚴後，人民最佳的休閒娛樂。週休二日，人潮洶湧，大大小小的車子，擠滿了入海的路口。人潮一群一群，大人、小孩，赤腳在細白的沙灘上奔跑、追逐，與浪花共舞、挖貝殼、堆城堡、……，從每個人臉上的笑容和狂傲的笑聲，不難發現，喜歡海，不唯是小孩的天性，也是大人心中的嚮往。

海邊戲水的休閒族外，也不乏賺外快的勤勞一族。頭戴帽子，著長袖衣，擒桶拿鏟，烈日下，鏟挖著沙蛤。一個午后的蹲彎挖鏟工作，從他們檢視桶中收穫的滿足笑容，不難發現，雖然少了一份戲耍心情，但喜歡海，卻是寫在臉上不爭的答案，因為海，為他們帶來了一筆意外之財。

漫漫暑假，讓人既期待又怕受傷害。如何為孩子安排一個安全的假期生活，是老師們揮之不去的夢魘，更是家長心中盤桓不去的苦惱。海邊，雖是炎炎夏日消暑的好去處，但放眼金門海

邊，安全措施幾乎等於零。幾年前，溪邊海水浴場開放，曾造成一時的轟動，其安全是不容置疑的。解嚴後，海成了自家門口的游泳池，它的安全性，讓人不得不為它捏把冷汗。陪孩子到海邊，已成為家長責無旁貸的義務，更是老師千叮萬嚀的話題。部份家長忙於工作，無暇陪伴孩子，或是野馬脫韁的孩子，若一個人來到海邊戲水，會不會也像阿昌一樣，被海龍王招去做女婿，那像買樂透彩，誰也猜不準的。緣於海龍王年歲一大把，近視兼老花，擇婿是霧裡看花，不管有錢沒錢，不分男女老幼，更不論美女醜男，一律歡迎。

海，如此具有魅力，加強海邊安全措施，家長抽空陪伴孩子，這是不容忽視的課題。陪孩子去看海，除了共享海邊戲水之樂，還可增進親子間親密的關係，聰明睿智的家長們，何樂而不為呢？

——原載民國九十三年五月廿九日《金門日報》副刊

學校午餐另一章

學校辦的午餐，口碑極佳。不論是已畢業學生，或是校內的教職員工生，說起營養午餐，莫不翹起大拇指說：「讚！」緣於學生人數不少，辦起來經費充裕有餘，廚工也極用心在菜色上絞腦汁。色香味俱全的三菜一湯，一週兩次的水果，總是讓人把一個午餐吃得口齒留香、心滿意足。只花那麼一丁點的錢，就能吃到這麼豐盛的午餐，簡直是從天上掉下來的禮物。這幾年來，託政府的德政，這午餐還真的變成「白吃的午餐」，連錢都不用繳了。因為「白吃」，若私下找幾個學生來問問：學校午餐一餐需繳多少錢？我想沒幾個能答得出來，因為這午餐吃得實在太應該，太順口了。

這麼順口的午餐，學生就不太懂得其中的道理。一天早上，班上舉辦了一年一度冬至搓湯圓活動，小朋友個個興奮不已，把自己搞得粉頭粉臉外，更吃到熱呼呼的湯圓，有的甚至添了三、四碗，還欲罷不能。看到小朋友爭先恐後的吃相，心想午餐應該是乏人問津了，吩咐添菜的高年級學生減少菜量，以免造成浪費。捱過午餐要細嚼慢嚥的規定時間，小朋友個個眉開眼笑，把盤底朝天的餐盤拿給我檢查，一臉笑嘻嘻的說：「老師！今天的菜好少，真好！」本是一臉微笑的

我，頓時錯愕不已。原來小朋友高興的不是菜好吃，而是分的量少，這什麼跟什麼啊？

一則笑話是這樣說的，阿公跟孫子說起小時的貧困生活，三餐不繼的堪憐，阿公的用意在告誡孫子要惜福、感恩。誰知孫子聽完阿公的故事後，冒出的話竟是：「阿公！你們那時候真好，不用吃那麼多，不像我們，這個要吃，那個也要吃，吃不完媽媽還要罵。」想來這還真是個嚴重的代溝問題。

常見家長在聯絡簿上留話，要老師指導他的孩子多吃些飯，真令人啼笑皆非。這年頭，孩子吃飯，成了家庭中頭痛的事，也成了老師的惡夢。更有甚者，學校除了開辦營養午餐，

作者自攝

連早餐也接手辦理了。不以為然的聲音，一時四起，其中不乏「晚餐也由學校接手」、「開辦學生住宿」、……。學校儼然成了孩子的第二個衣食家庭，除了教導進德修業外，連本是家庭最基本的衣食問題，也將成為老師責無旁貸的工作，這實在是一個令人深思的問題。

大半的孩子是不喜歡吃青菜的。曾有家長向我訴狀，孩子在家裡青菜不沾，即使是一點蔥花，也會小心翼翼的把它挾起。班上大半的孩子，會自動把青菜吃光的，那還真是異類少數，大多是老師檢查一遍又一遍，才像嚼蠟般吞嚥下去，有的甚至寧可枯坐椅上，師生上演拉鋸戰，直到老師豎白旗，才肯離座。為這青菜問題，鬧得師生兩相怨懟時，總讓我想起外國卡通人物卜派，吃了菠菜罐頭，變成力大無窮的畫面。

現實生活裡，孩子視青菜為仇敵，能不吃就不碰它。有甜份的水果，其被仇視的程度雖未若青菜之甚，但也好不到哪裡去。這完全肇因於孩子在吃這方面有太多的選擇，不吃這個，可以吃那個。欠缺勤勞的習慣，也是原因之一，甭說動手操持家事，有時連動手吃這回事都懶。以冰箱裡水果為例，若沒有大人洗洗切切，端盤拿叉，小孩鮮少會正眼瞧它一眼的，直至發霉爛掉為止。多少孩子不喜歡吃蝦，因為怕剝蝦弄髒手；有多少孩子不會吃魚，因為怕被魚刺噎到。

物質的富裕，帶來生活上諸多的便利與享受，但也相對的失去了很多生活的意義。當一個人連「吃」這回事都懶的時候，這是多麼可悲的一件事啊！

——原載民國九十三年一月十三日《金門日報》副刊

放暑假囉！

「暑假有什麼計畫？」「到哪裡玩？」聽到放暑假，本是一片死氣沈沈的教室，氣氛馬上為之活絡起來。小朋友的眼睛由迷濛轉成發亮，仿如沈睡中的一條蟲，搖身一變成了一條龍，比之聽到下課鐘聲更為精神抖擻。這個說全家要去大陸遊，那個說要到臺灣找外婆、阿姨，不準備出遠門的，也是一臉期待，因為可以與喜愛的電視、電腦為伍，不必為早起上學而與被窩作拉鋸戰，更不必為那一項、兩項的家課與老師討價還價了，無異是重獲天日的感覺。

看著他們喜孜孜的模樣，真不知該喜？抑該憂？因為他們的童年暑假，竟只有如此區區可數的事兒可細說。待他們成人或年老後，童年的回憶也只有電視、電腦和出外旅遊的事了，其餘則是一片空白。

現在孩子生活經驗貧乏，是有目共睹的。富裕提供他們「茶來伸手、飯來張口」的優裕環境，因而養成不必躬親動手的習性。聘有幫傭的家庭，孩子凡事有人代勞，小至洗餐盤，大至疊被、整理房間，與人相處更是頤指氣使，宛若千金、少爺的模樣，真讓人不由得要為他們的將來擔憂起來。

大人喜歡休假，孩子更是喜歡放假。回憶小時放暑假，炎炎夏日何處去？除了學校的返校日與打掃環境不缺席外，下田幫忙農事或在家操持家務，每一天都是踏實的忙著。孩子喜歡嬉戲的天性，在假期中，更是發揮得淋漓盡致。一個長長的假期，就是一篇精彩絕倫的長篇小說，哪是現在天天嚷著無聊的孩子可想像得到的。

放假，最感到愜意的，莫過於不用早起，天天睡到日上三竿方起。用過早餐，搜羅了全家昨晚換下的髒衣服，歪著大臉盆，到溪邊或井邊洗滌。那兒，一群三姑六婆像準時的廣播台，拉開喉頭高聲聊著。昨天村中發生的大小事，皆可從那兒獲得最新的消息報導。玩心甚重的我，對八卦向來不感興趣，溪中小蝦和小魚，才是我注目的焦點，我總是「洗衣兼捉魚」，玩個盡興，累了才提著溼漉漉的褲管，歪著大臉盆打道回府。所幸炎炎夏日裡，褲管乾得也快，否則又要被老媽數落一頓了。

洗晾好全家衣服，還不能偷懶，還有很多的家事等著你的雙手呢！捏花生、剝玉米、磨麥、曬五穀、……。中午時分，炊煮中飯，有的剝菜，有的升火，有的淘米，哪像現在樣樣有電器代勞，只要一個人就可搞定廚房中的大小事。祭好全家五臟廟之後，總算有屬於自己的時間，貪玩的我們才不會把時間浪費在午睡呢！樹上的蟬叫得正響，準備好長竿，沾粘一下蒼蠅黏，哪隻叫得最大聲，就捉哪隻。捉累了蟬，在涼風徐徐的樹蔭下玩捉迷藏、扮家家酒、……，直到毒辣的太陽偏西，老媽召喚回家的聲音傳來，我們只好收起正在興頭的玩心回家。這回可能是到防風林耙草，或是到田裡割高粱、拔花生，總要忙到日頭落山才急忙趕回家。曬穀場的五穀要收袋，

晾的衣服乾了，田裡的牛要牽回來，雞鴨要回籠，晚餐更等著你去煮呢！忙到全家用過晚餐後，匆忙洗個澡，才興沖沖的趕到鄰居家去看電視連續劇。天候不佳，電視畫面不清，沒有連續劇可看時，廣場可成了我們小孩的天堂，所有「追趕跑跳碰」的節目，熱熱鬧鬧的輪番上場，一直玩到大人叫喚回家睡覺，整座村子才沈靜下來。經過一整天如此的操勞與嬉戲，哪一個人不是沈沈入睡而作著香甜的美夢呢？

暑假，各種水果輪番成熟，野外的芭樂、葡萄、龍眼、……，都成了我們摘食的對象。沒有零食的年代，芭樂是澀的，葡萄是酸的，龍眼是粒小不甜的，但都成了我們饞嘴的可口零食。爬上芭樂樹，邊採邊吃，不到填飽肚子，

是不肯歇手的，每人都練就了一身爬樹的矯健本領，試問現在有多少孩子爬過樹？也難怪西瓜是長在田裡或樹上都分不清，更甭提要他們分辨米粉和冬粉了？

貧窮年代的孩子，家中大小事都需躬身參與，看似忙碌又可悲的一群。但艱困的生活環境，卻練就了他們萬能的雙手，也豐富了他們的生活經驗。反觀現在的孩子，環境的富裕，塑造了他們「四肢不勤，五穀不分」的習性，看似幸福又可喜的一代，但沒有親歷的生活經驗，就不易在心中生根萌芽，更遑論年老時，能成為他們的回憶資產。

——原載民國九十四年七月六日《金門日報》副刊

蠶媽媽

學期已過四分之一，書商才送來一批教具，其中有一張約五公分見方的紙，仔細一瞧，上面佈滿密密麻麻的蠶卵。再湊眼看清，白色、粉紅色，還有接近褐色的。我一聽離蠶卵孵出的時候還早，就把它往抽屜裡一塞。為了怕老來健忘症日趨嚴重，在課堂上，先和孩子們討論如何照顧這些蠶寶寶，孩子雖然也曾養過蠶寶寶，聽我這麼一提，個個還是興奮得很。忙著忙著，幾天後，健忘症復發，竟然忘了有蠶卵未孵這件事。

兩天的休息後，週一回到辦公廳，打開抽屜，赫然發現紙上，有著小如螞蟻般的東西在蠕動，一時被驚嚇得尖聲叫了起來，整個人就跌坐在椅上。腦中幾秒鐘的空白後，火速的跑到學校圍牆外，摘幾片嫩桑葉回來，撫著驚甫未定的一顆心，用著顫抖的雙手把爬滿小蟻蠶的紙拿出來，望著紙上蠕動的小東西，一時竟然手足無措起來，想到比螞蟻還小的蟻蠶，要如何給牠們吃桑葉呢？腦中一片混亂，竟理不出個頭緒出來。經過幾分鐘的思考後，才想起聽人說過，處理蟻蠶可以用乾毛筆。初始還抱著試試的心理，誰知用乾毛筆一刷，一隻一隻的蟻蠶就像拉絲降落傘一樣，被我刷到桑葉上，看著牠們喜孜孜的各尋桑葉下口，就好像小豬仔搶著尋覓母豬奶頭般，

我的一顆心，頓時也輕鬆起來了。

那一天起，一早到辦公廳，已不再是上網瀏覽金門日報和收E-mail了，而是先瞧瞧一整晚未見面的蠶寶寶，幫牠們換桑葉，清除大便，這麼一忙，總要直到早自習的鐘響才停止。下了課，也是先瞧一瞧牠們，才能安心的做其他的事。近年來，視力大退，近視又加老花兼散光，為了湊眼端詳牠們，常摘下鼻樑上一整天的眼鏡，用迷離的眼神痴望著牠們，彷彿丈母娘看女婿，越看越有趣。

為了照顧牠們，每天採桑葉，已成了我例行的工作。一天，下著滂沱大雨，桑葉已乾枯得像一層褐色蛋殼，蠶寶寶面臨斷炊之境，我望望窗外，再想想牠們飢索的模樣，當下，毅然決然的衝入雨中。每天無怨無悔的採桑葉，清大便，看著牠們吃桑葉的模樣，心裡的苦倒也甘願。有時看到牠們抬著頭，有如望天之雲霓般，一動也不動，心裡的著急宛若孩子生病一般，明知那可能是牠們正在蛻皮，但各種擔憂仍不禁的湧上心頭，真是一個十足的「蠶媽媽」，隨時掛念著牠們的一舉一動。

幾個禮拜後，牠們結繭了，一個一個淡黃色的小蠶繭，在盒子的各個角落。又過了幾天，蠶蛾破繭而出，雌蛾只有兩隻，雄蛾興奮的振翅尋偶，竟遍尋不到交配的雌蛾，只得靜待死亡的來臨，內心不禁感到悲悽起來，蠶的一生就這樣劃下了句點。

下了蠶卵後的蛾，一隻一隻的死了，只留下了一灘一灘的卵。看到滿盒的卵，同事們對下一批蠶寶寶何時出生，大家各持己見，討論方興未艾，一天，盒子裡又有如螞蟻般的小東西在蠕

動，天啊！歷史又要重演了，才歇息沒幾天的「蠶媽媽」，這回又要忙碌了。回想前陣子的養蠶惡夢，我不禁打了一陣哆嗦，當下馬上衝到樓上，跑到每個教室，像跳樓大拍賣一樣，扯開喉嚨大聲開喊：「誰要養蠶哦？」「誰要養蠶哦？」……。

——原載民國九十六年七月廿三日《金門日報》副刊

沉重的教師節

教師節一早，一如往昔在辦公廳打點上課的事。班上一位學生手捧鮮花，在其他同學的簇擁下，湧進了辦公廳。眾目睽睽之下，我用誇張的表情說：「啊！我要昏倒了！我要昏倒了！謝謝妳！」孩子們離開辦公廳後，我檢視了當時的心態。在眾多老師的面前，我的誇張，應該是些許的驕傲與自豪，但審視內心，卻是一陣心虛。回想昨天，我還對著送花的孩子大吼大叫著，只因為她沒注意聽我說話。今天，天真的孩子卻帶著滿臉笑容，把一束香氣四溢的花，獻給了一個心虛的老師。

上課，我踏進教室，班長喊起立，全班竟一改過去「老師好」，而齊聲大喊：「祝老師教師節快樂」。第二次受寵若驚的我，這回比了一個超炫的「ＹＡ」手勢，臉帶笑容的回答孩子們：「今天只要不讓老師生氣，就是最好的教師節禮物。」孩子們開心的笑了，我也笑了。一堂課就在輕鬆愉快的氣氛下劃下完整的句點。

孩子們只有三年級而已，能夠用言語表達對老師的敬愛，實在是出乎我意料之外，難怪我開心了一整天。也有孩子把親手製作的教師卡送給我，卡片上的圖案和文字，並不精巧漂亮，也不

YOUNGOR

工整美觀，但想到他們是犧牲了無數遊玩時間，用笨拙的手，一筆一筆的描、畫和寫，我滿心歡喜的收下，並且告訴他們：「老師會把這些卡片珍貴的收藏著。」

孩子用自己的意識，表達對老師的敬愛，讓身為老師的我，感到無限的欣喜與驕傲。但想到孩子在媽媽的慫恿下，買了一束他尚無能力購買的花送給老師時，我的內心就無限的沈重起來，鮮花承載著是媽媽對老師的無限期許啊！難怪放學時，當我手捧著學生送的鮮花，準備打道回府，遇到了迎面而來的同事，我只好心虛的，用調侃自己的口吻說：「這束花有千斤重啊！快捧不動了。」

在教育界誤人子弟已逾廿個年頭。古人說：「學，然後知不足。」今天用在教師的身上，應該是：「教，然後知不足。」猶記剛出道時，信心滿滿，意氣風發，手持教鞭不可一世的模樣，再想想如今的自己，已不復當年豪氣蓋世，在教學的崗位上，愈發感到自己的不足與無力。每每想到家長熱切的把一個孩子交到我手上，我能還給他們一個怎樣的孩子？我的內心就莫名的感到沉重起來。是誠實負責的孩子？抑是說謊卸責的孩子？是認真踏實的孩子？抑是投機取巧的孩子？瞬息萬變的社會，搖擺不定的教育政策，讓身為老師的我好生徬徨。今天教給孩子的，誰能擔保明日不會成為一堆具文？一束鮮花，承載著家長無限的期許，能力有限的老師，能不惶恐與不安嗎？

一點都不浪漫的我，一輩子似與鮮花無緣，數算之下，接受過的鮮花屈指可數，印象卻也特別深刻。除了每年教師節學校例行送的，大概就屬學生送的鮮花最讓我記憶深深。八年前，接受

小二女學生送的第一束鮮花，彼時欣喜勝於憂慮。曾幾何時，再接受學生送的鮮花，竟是憂慮多於欣喜，真不知是誰改變了這一切？

教育是百年樹人的工作，孩子一生的學習，不知遇到多少的老師？「十年修得同船渡，百年修得共枕眠」，師生有緣同間教室共同學習，那是修得幾十年的緣份啊！就讓身為老師的我，在孩子的學習驛站中，竭盡心力陪伴他們快樂的學習與成長。那束教師節的鮮花，就等孩子長大有能力購買時，讓他親自獻給老師吧！

——原載民國九十四年十一月廿二日《金門日報》副刊

初生之犢不畏虎

曾幾何時，滿校園雞飛狗跳，忙著開學，一眨眼的工夫，學期又接近了尾聲。這學期最驚心動魄的校園大事，莫過於各年級學科領域的檢測了。檢測前倒數幾天，不是一個正常教育現場應有的亂象，悄悄的在校園每個角落上演著。所幸只有短短幾天光景，戲又悄然的落幕，一切又回歸正常。

二年級的孩子，仍是不知天高地厚的，檢測題目裡的一題改錯字，把全班的小朋友都考倒了，無一個僥倖得分。考後的試題檢討，才知道有的小朋友改成了讀書的「讀」，也有的更高招，改成了毒藥的「毒」，題目是「出生之犢不畏虎」，正確的「犢」字沒人會寫。孩子們張著無辜的大眼睛，聽我解說正確寫法後，點頭如搗蒜的模樣，卻讓這個為師的不禁要懷疑，他們真的了解「初生之犢不畏虎」的意思嗎？

這年頭要瞧見一隻老虎，不是書上面的紙老虎，除非到動物園，否則無他途可尋。不要說是正屬「初生之犢」的小朋友，即使是這個年近半百的老師也未瞧過「老虎吃牛」的畫面。老虎會噬人或吃動物的訊息，那是書上說的，畢竟還是少了那麼一份真實感，有著「隔靴搔癢」的不確定感。

聖誕節隔晚，一陣天搖地動，大部分的人都感受到地震的威力。天搖地動間，就讓我有生死一瞬間的頓悟，踏實的了解人生的無常，也唯有發生過的才算曾經擁有，不曾發生的都是一個未知的夢，更深深體會到身外之物的虛渺。地震發生後隔天，課堂上，和孩子們討論昨晚的驚魂感受，孩子們個個搶著發言，張張小臉上洋溢著興奮，彷彿他們剛從遊樂場玩了一趟雲霄飛車回來，雀躍喜樂多於驚恐慌張。我望著他們「初生之犢不畏虎」的表現，一半是欣羨，一半是憂慮。欣羨的是人生最樂莫過於無憂無慮，即使天塌下來也還有高個子頂著那份無憂；憂慮的是他們還真是一群初生之犢，哪天在路上碰到了會吃人的老虎，他們是不是會跑上前去打招呼，說聲：「嗨！How are you？」

孩子盡情的發表後，為師的按照慣例，機會教育一番，語重心長的告訴他們地震的可怕、如何防震、……，末了再叮嚀他們：這幾天可能還會有陸陸續續的餘震，所以要……，我的話尚未說完，全班小朋友竟伸出右手，比出了勝利的手勢，並大聲「ＹＡ！」的叫了起來，彷彿明天就要放年假，一段他們巴望已久的長假。看到他們超乎水準的演出，我裝勢要昏眩，嚷著：「我要昏倒了！我要昏倒了！」小朋友一見，全班哄堂大笑起來，一時台上台下都笑到不行。

沒多久前，一趟台金空中之旅，也讓我見識到「初生之犢不畏虎」的場面。颱風剛過，空中的氣流尚不穩定，半途中，碰到了亂流，機身不由自主的顛簸搖晃起來，這種畫面曾在影片裡看過，對我而言，看影片雖屬隔岸觀火心態，但以大人的警覺性，也知道後果之嚴重性，我的一顆心，亦隨著機身上下搖晃著，嘴裡不禁默唸起「阿彌陀佛」。正當全艙大人皆面色凝重，大氣都

不敢吭一聲的當兒，後座不遠處，突然傳來興奮的叫喊聲，更誇張的竟隨著搖晃的機身擺動起身子來，好似坐雲霄飛車一般。我回頭一望，兩個約七、八歲的小男孩，正渾然忘我賣力的演出。一時艙中快要凝結的空氣，隨著他們的叫喊聲解凍，有人發出長長的一聲喘息聲，更有的臉上露出了苦笑，而我心頭上那塊沈重的石頭，竟也為之減輕不少。

一趟空中的生死之旅，生死交關的瞬間，初生之犢的孩子，仍然能夠以平常的玩樂心態，面對這緊急的片刻，那份順天豁達，不正是大人常常引以為要學習的態度嗎？畢竟人生有很多的生死關卡，不是人為力量所能操控的，與其先嚇死自己，何不抱著平常心處之呢？

——原載民國九十六年三月一日《金門日報》副刊

下課十分鐘

台上，講了才不一會兒的工夫，底下的小蘿蔔頭開始坐立不安，眼睛直往窗外猛送秋波，經驗告訴我：快下課了。果不其然，下課鐘聲一響，昏昏欲睡的「一條蟲」，突然甦醒過來，搖身一變為眼睛發亮的「一條龍」。班長一聲起立還沒喊完，男生早就手抱籃球，作勢往外衝，跑一百公尺的預備姿勢也不過如此。我的前腳尚未跨出教室，小蘿蔔頭早就衝出教室，往籃球場飛奔而去了。教室裡剩下電腦前，你擠過來、我推過去，搶打電腦遊戲的另類學生，幾個較文靜的女生，三兩個坐在座位上聊天、看書、遐想。除此外，再也找不到別的活動了。

籃球場上，一群精力充沛的男生在打球、練習投籃；走廊的轉角處，突然衝出一個冒失鬼，立正後兩手在胸前相拍，嘴裡喃喃有詞，一看就知道他們在玩「紅綠燈」。下課十分鐘，對老師而言，喘口氣都不夠的剎那，對玩心尚重的學生而言，卻有如一世紀之久，投個籃、玩一會紅綠燈，都足以讓他們心滿意足，帶著微笑去上下一堂課。

小學，是在歐厝的愛華國小就讀的，運動場上沒有籃球場，教室內更沒有電腦。上課蠢蠢欲動的光景，比現在有過之而無不及。沒有聲光化電教具的輔佐下，教師無不使出渾身解數，聲嘶

力竭賣力的吼，否則還真難以駕馭這群鄉味十足的孩子。

下課了，喧鬧的校園沸騰景況，就不是現在可相提並論了。這邊一群蹲坐在走廊一角，他們在玩撿石子，一顆石子往上拋，在石子未落下，連忙拾起地上一堆石子，再接住那落下的石子，那拋、撿的動作是配合得如此的天衣無縫，乾淨俐落得讓人為之驚嘆。石子是從石堆裡挑撿回來的，大小約相同的七顆。手、眼、腦的協調練習，無怪乎孩子的眼中，總是透露著一份現今孩子身上找不到的慧黠。

操場中，一群學生踢毽子，踢毽子的站中間，左踢一下、右踢一下，毽子在空中一上一下不落地，旁邊圍著一群幫他數的同伴，「一雙、兩雙、三雙……」這樣一踢非百來「雙」，是不會換人的。毽子都是自已親手做的，有用塑膠袋裂成絲的，有拔公雞毛做的，除了比手腳靈活外，動手做一個好的毽子也是獲勝的秘訣。

一層一層的階梯，是拍小球的好場所，一個五毛、一元的小塑膠球，彈跳起來可真高，有時拍不見了，樹叢間、草皮裡還要讓人找半天呢！拍一下上一階梯，來來回回的上下樓梯，看誰的眼力好，看誰的力道捏得準，最後誰的「如來佛」手掌心能控制小球的，當然勝利非他莫屬了。

跑起步來滿口袋砰碰作響，是啥東東？不是銅板，是一口袋的彈珠。每人出一顆彈珠在寶地內，再用自己的王球，施展「彈指神功」的威力，把寶地內的彈珠打出來，誰打出來的，彈珠就歸誰。更可以在泥地上挖幾個洞，把彈珠彈進第一個洞後，再從第一個洞，彈到第二個洞，直到最後一個洞，再從最後一個洞彈回來，為了比準頭，趴在泥地上，衣服弄髒了算什麼？誰贏了幾顆彈

珠？才是大夥聚在一起討論的重點。

手腕上掛滿了一圈圈的裝飾品，不是銀手環，更不是金手鐲，是紅色、綠色、黃色的橡皮筋。找個角落坐下來，你出一條橡皮筋，我出一條橡皮筋，把它們揉成一團，然後你搓一下，我搓一下，看誰幸運的能把它們搓開，戰勝品就歸誰。

冬天時，冷颼颼的天氣最適合跳繩了，人手一繩，前跳、後跳，再來個前交叉跳、後交叉跳，變化多端的跳法，讓人為之刮目相看。除了獨樂樂外，好幾條小繩接連成大繩，兩人各持繩的兩端，大夥一起搶進繩內跳，誰踩到繩子就算出局，就要被罰甩繩子讓大家跳。經過這麼一個全身運動後，冷冰冰的小手暖和起來，穿再少的衣服也不怕冷了。

沒有玩的道具，沒有關係，來個「搶金塊」遊戲，兵分兩國，誰能攻入他國地盤搶

得「金塊」歸，他就是英雄。你拉我的臂、我扯你的腿，在地上搶作一團，沒有衣衫襤褸，那是分不出戰果的，所以沒有少許暴力傾向的人，是不玩此類遊戲的。不玩暴力遊戲，來玩「老鷹抓小雞」，滿場刺耳的尖叫聲，每個人的情緒都飆到快樂最高潮。

不玩遊戲的，村內小雜貨店，五顏六色的「再抽」零食，五角一抽，就有無窮搏大的機會，口袋永遠沒有半毛錢，因為全數繳交給了雜貨店的老板。店內看免費的漫畫書豈能放過？機器人和阿金這回不知又要義助何人渡過難關、……。下課十分鐘，足夠讓我們跑一趟雜貨店買十顆酸梅糖，瞟一眼漫畫書，再和隔壁班的阿花、阿美玩一回撿石子呢！

彩色的童年，快樂的童年，如今已成夢中回憶。再看看當今孩子黑白的童年，真讓人不得不百感交集，悲從中來！

——原載民國九十二年七月廿八日《金門日報》副刊

新生症候群

「老師您真好！不怕我們吵，只會微微笑，慢慢來教導……」，這是班上小朋友為慶祝教師節，準備上台表演而勤加練習的兒歌朗誦，瞧著他們搖頭晃腦、東張西望，那副「小和尚唸經」的模樣，我打從心底的發出一陣陣的苦笑……。

帶一年級不是頭一回，說經驗豐富，是不敢誇口的話，但也不是新手上路。近廿年教學經驗，對一個七、八歲的小孩，雖不至瞭如指掌，但把他們當甕中之鱉來教，我想我的能力綽綽有餘。拜人類科技進步所賜，新新一代的新生也青出於藍，他們魔法之高，總是令人有道法不及之感，有時還真防不勝防啊！

一早，衝進教室，黑漆漆的教室裡人影晃動，原來早起的鳥兒，在我們班上還真不少啊！可惜這些早起鳥一到教室，不會開燈，也不知啟窗，更甭提拿出書來早讀了，能規規矩矩的在教室裡追逐、遊戲，不跑出教室，你就該唸「阿彌陀佛」——萬幸了。——苦笑一。

捱過早讀，朝會升旗的鐘聲一響，在走廊上費了千辛萬苦排好的隊伍，下樓梯後就潰不成軍，併齊雙腳再下樓梯的遲緩兒不少啊！隊伍「一二一六六」姍姍來到操場，全校師生早就恭候多

時了。糗狀百出，但他們是嗅不出的，仍然我行我素，一副理所當然的模樣。——苦笑二。

整潔打掃時間，好不容易把工作分配清楚，能稍喘口氣時。沒一會的工夫，教室內掃把、笨斗、抹布齊飛，原來他們玩起推掃把，傳抹布的遊戲了，整潔工作應該怎麼做？地掃得乾不乾淨呢？還不如窗外飛過的一隻小鳥有趣。他們的無知與無心，放學後，這個兼褓姆的老師，只好責無旁貸的為他們收拾善後。掃地、拖地、排桌椅，成了每天例行的工作。——苦笑三。

「上課了，把書拿出來！」這個拿國語，那個拿數學，有的還東張西望，拿不定主意該拿什麼呢！這節是什麼課，對他們而言，不是重點，老師要說什麼故事？玩什麼遊戲？那才是他們關心的大事。直到老師把「樣本」揣出，讓他們按圖索驥後，他們才七手八腳的從書包裡，翻尋出那本一模一樣的書。開始唸課文，有的深情望著你的臉；有的兩眼茫茫盯著黑板，天啊！黑板可是一個字也沒有。對他們而言，「書」只是一個裝在書包裡的玩具吧了！它是用來玩的，用來翻的，但絕不是用來讀的。——苦笑四。

每天交作業，總有幾個「後知後覺」的忘了交，扯著大嗓門問：「誰還沒交？趕快拿來交！」回應的是此起彼落的「我已經交了！」「我交了……。」那沒交的兇手仍逍遙法外，最後一定非得把所有作業按座號排出後，那「不知不覺」的兇手才會現出原形，他的表情也總是一副無辜的模樣，真叫人又好氣又好笑。——苦笑五。

吃午餐了，服務的高年級大姊姊還未把菜發完，坐在角落的芝芝，早就抓起香腸大快朵頤，啃得津津有味了，這下當然少不了又要機會教育一番了。吃完午餐，捧著油膩膩的碗盤去清洗，

瞧他們與水玩得難分難捨的模樣，應該可以把碗盤洗乾淨了吧！洗過的碗盤放進餐籃後，但見滿籃油膩膩的碗盤，再仔細一檢查，這個碗還有飯粒，那個盤還有菜渣，更糟的是盤後還泡泡一大堆呢！最後的結果，當然又是兼褓姆的老師幫他們重洗一遍了。——苦笑六。

下課了！關在教室裡四十分鐘的籠中小鳥，早就飛得一隻也不剩——到外面遊玩去了。空蕩蕩的教室裡，只剩老師汗涔涔的埋頭準備下堂要用的教具。冷不防後背被拍，一回頭，均均來問老師：「我可以到一樓玩嗎？」可以到哪兒玩，課堂上已三申五令多遍了，瞧他們那副鬼靈精的模樣，但校規、班矩，卻永遠裝不進他們的小腦袋瓜。——苦笑七。

「老師！××好臭哦！他尿褲子！」這是每天都要上演的好戲。為了怕尿褲的自尊心受傷，極力幫他掩飾外，再極速的電話聯絡，請家長攜褲來校為他們換洗。課堂上，特別恩准他們隨時可上廁所，更左叮嚀、右叮嚀，下課後趕快去上廁所。但鐘聲有兩種，只有上課鐘，才是上廁所的鐘啊！——苦笑八。

教一年級，酸、甜、苦、辣、……百味俱全，其中「苦味」特別嗆鼻。這回聽小朋友唱「老師您真好，不怕我們吵……」，內心不由得百感交集。真希望小朋友改口唱「老師您真好，就怕我們吵……」，不再讓老師苦笑連連，就謝天謝地了！你們什麼都好，就是不要吵，因為老師最怕你們吵！

——原載民國九十二年十月六日《金門日報》副刊

玩火

近日參加一個教學觀摩會，原本應是孩子多於老師的鬧哄哄教室，在少子化社會的來臨之下，眾多數的老師皆已坐序之後，才見稀疏幾個孩子躡手躡腳的，悄然尾隨入座。過去孩子看教室後的陌生臉孔，眼神中的那抹驚奇，個個爭相出頭的景象已不復見，換而代之的是如臨大敵般的不安，讓他們失去了想要表現的欲望。在電腦教學媒材的協助之下，孩子在老師嫻熟流暢的教學之下，整堂課進行得恰如中火，不急不徐，一路順暢。

實驗中，老師請孩子用打火機點燃酒精燈，孩子們面面相覷，臉上頗有難色，對那能「玩火」的打火機，感到份外陌生，讓在堂的我，不覺橫生感慨萬千，真是一個難說難解。猶記得幾個禮拜前，還在課堂上跟孩子們談起小時候被火炙身的經驗，孩子們個個杏眼圓睜，一臉不可置信的模樣，讓我一時還沾沾自喜，以為是我唬弄的技倆太高明了，原來啊…原來…，原來是他們壓根兒都不知道如何玩火。

記得那是一個炎炎夏夜，與我們家隔著廣場的那家雜貨店，地上擺滿了大大小小的西瓜。入夜後，白天冒著熱煙，空空蕩蕩的廣場，一下子就像被施了魔法般，擺滿了高低不同、款式各

異的桌椅。吃熱食、叫刨冰、喝飲料的阿兵哥，把雜貨店擠得水洩不通。站在刨冰機後的老板，雙手一絲也沒乾過；老板娘炒完麵，又接著炒飯、炒菜，熱鍋一刻也沒冷過；幾個已能使力的兒女，更是跑進跑出的如穿梭蝴蝶，抹桌端菜的忙不停，雜貨店裡一片燈火通明，熱鬧十分。

此刻，老媽一臉感恩滿足樣，徐徐的從雜貨店走出來，手裡抱著一大盆西瓜皮，朝著家裡走來。人未到，就聽得她大聲嚷著要我們找刨刀，把西瓜皮刨掉，隔日好醃西瓜皮。與雜貨店相對照，沈寂安靜的咱們家，愈顯見一片漆黑。我躡手躡腳的從屋裡摸出一盒火柴，在屋前就著雜貨店射過來的餘光，掏出一根火柴划擦著，老姐就近拿著蠟燭候著。「擦」一聲，火沒點著，又「擦」一聲、……，我一次一次繼續划擦著，突然……，一團熊熊烈火瞬間暈開，漆黑的眼前，剎那間一片火光，我受到驚嚇，手裡的火柴盒一撒手，猛地一倒退，一聲「啊…」還未了，只覺得肚皮一陣灼痛，怔怔得一句話都說不出來。老媽和哥姐，趕緊湊身來看，一件連身花裙，就在肚臍處燒破了一個大洞。那件伴我一整個夏天的連身裙，是大哥參加暑假花蓮戰鬥營，從臺灣帶回來送我的寶貝禮物。檢視地上的火柴盒，滿滿一盒的火柴，全化作灰燼，原來是一根火柴的餘火，引燃了整盒火柴。

自此以後，肚臍旁留下一個傷疤外，我敬火柴盒如鬼神，更甭談要我划擦火柴了，若得硬頭皮划擦，一定先尋得火柴頭尾之分後，才小心翼翼的往火柴尾處划擦，那划擦火柴的戒慎恐懼，有如當今課堂上孩子看打火機一般。小時沒電燈的時代，火柴有如打火石，是生活的必需品，點蠟燭、取火、……，樣樣少不了它。除此之外，火柴盒也有多種用途。學校老師要我們繳交的作

業，有一樣就是裝滿一盒火柴盒的蒼蠅，在那個養豬是家家副業的年代，蒼蠅與人們共生，加上閩南式的建築房屋，沒有紗窗紗門的裝設，一到夏日，蒼蠅滿天飛，成了揮之不去的惡客，衛生條件之差可想而知。老師規定的家庭作業抄寫些什麼，已不復記憶，但繳交「蒼蠅一盒」的作業，卻永遠忘不了。放學後，我和同學美華、麗羨，人手一拍——蒼蠅拍，拍死一隻蒼蠅後，就用樹枝折成的筷子夾放在火柴盒裡，直到火柴盒裝滿了才算作業完了。

在蒼蠅滿天飛的年代，這項作業難不倒我們，因為有拍不盡的蒼蠅。學生時代守規循矩的我，從不搗蛋，更不缺交作業，卻也有幾次成了遲交作業的討厭鬼。裝滿蒼蠅的火柴盒，放在桌上，經過一個晚上，竟然神不知鬼不覺，隔天成了空盒。就像裝在密

不通風塑膠袋裡的螢火蟲，隔天杳無蹤跡，只剩空袋一般。小時候百思不得其解，繞著哥姐聲聲追問「為什麼」，長大之後，才百般思索出，「螞蟻」應是這兩案件的罪魁禍首。

數十年之後，喜愛四處旅遊的我，每過度一間旅館，對其優劣只存留一個「幾個星」的模糊印象而已。唯一對部份旅館在茶几上仍有火柴盒的準備，不論其是為抽煙客準備，或讓旅客留作紀念，都會感到溫馨而會心一笑，雖然我不煙不酒，更不再玩火了。

——原載民國一〇〇年四月一日《金門日報》副刊

我是一年級

兩個月漫長的暑假，一眨眼即將結束了。小女子我樂得無官一身輕，不必朝九晚五的趕上班；要升上小五的兒子可不這麼想了。

「媽咪…，什麼時候開學？」兒子兩手支腮，一臉認真的問。

幾天後，正在整理抽屜的兒子冒出一句：「媽媽…，我已經決定好開學後，抽屜裡的東西如何擺置。」開學近在眉睫了，兒子又問：

「媽媽……，我已經把午餐的餐具準備好了。」……，兒子催促開學的聲音不時在耳邊迴響著，我的心底不由得直問：暑假真的這麼惹人厭、招人嫌嗎？

暑假前，學生彷彿久錮的籠中鳥，企盼獲釋，急欲振翅翱翔藍空的眼神，至今仍歷歷在目。誰料事隔不過一個多月，兒子卻像倦鳥急欲歸巢。人心之厭舊喜新，還真令人百思不得其解。其實說穿了，自個兒的心底，何嘗不也是有一大串的計畫在醞釀著。辭了舊官，好整以暇，我將重新再出發，下學期接手一年級的新生，我將如何施展我的班級經營？進行教學計畫？萬一他們使了性子，我要如何安撫？……太多太多的點子，不也正如兒子那樣，朝思暮想

的巴望能一一實現？

九十年代，教育普及之下的金門，各小學皆有幼稚園的附設，再加上接受幼稚教育是完全免費的，每年暑假，總會接到幾位家長的詢問，為小孩出生日期差一兩天而奔波，試圖遊說能讓孩子提早入學，由此可知幼稚園就學率之高。已接受兩年幼稚教育的一年級新生，標榜著新生入學，其實大多已在原學校讀過兩年的幼稚班。雖然小學和幼稚園是兩個不同的教育階段，但在先備環境的熟悉情況之下，他們很快就會進入小學的學習狀況，無須家長、老師費太多的心思，這是無庸置疑的。

五十年代的金門，幼稚園的設置是少有的。小孩上小學是家中的大事，註冊當天，若不是兄姊攜弟妹來報到，便是爺爺奶奶、爸爸媽媽親自出馬。常見大人手拿戶口名簿，身旁依偎著一個怯生生的小孩，不用費猜疑，那是來註冊讀一年級的。開學了，教室內的小人兒直往窗外打瞄，教室外一群阿嬤、阿公在等候，不用費猜疑，那是來為孫子伴讀的。下課了，這邊「奶奶」叫得聲甜，那邊「阿公」喊得窩心，學校彷彿成了「飴孫園」了。

新生入學時，學校中尚有哥姐就讀，開學註冊一切事宜，皆由哥姊料理代辦。註了冊，沒上課幾天，就因為生病而輟學在家，直到病好重回學校，十週的注音符號已教完了。第一天進得教室，但見黑壓壓的一間教室，仿若市場擠滿了人。啟蒙導師許績永，把我安插在兩個姓歐陽的同學座位中間。桌子是長條型，兩人共坐一條長凳子，長桌下只有兩個抽屜。我把書包塞進抽屜，正用著好奇的眼光打量著這陌生的環境，一個怯生生的小男生，名字中有個宏字，從教室外走了

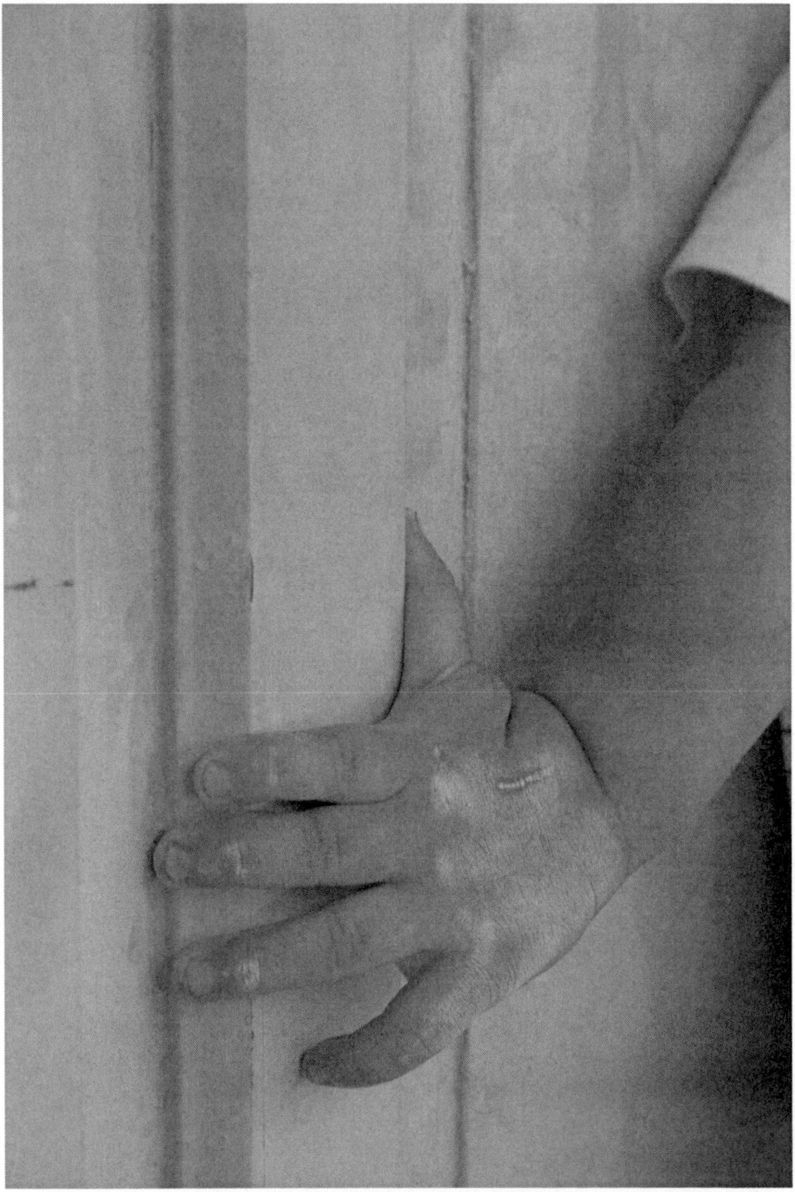

進來，看到他的抽屜多了一個書包，當下一副可憐相，用淒楚的口吻說：「你把人家的抽屜占去了！嗚…嗚……」一個男生當著一個女生的面前哭了起來，我一看不妙，趕緊從座位上站起來，把書包抽出來，再塞進另一個抽屜。正在竊喜他終於不哭了，才沒幾秒鐘的光景，從教室外又進來一個女生，看著她的抽屜莫名其妙的多了一個書包，不容我辯白，二話不說就把我的書包抽出來甩在地上。我一驚非同小可，趕緊再從座位上站起來，拾起了書包，噤若寒蟬的罰站在一旁，直到老師來了為止。

一間教室擠了六十幾個學生，三個學生共坐一條長凳子是正常的。可能是鼓勵就學的制度使然，教室後面坐了很多寄讀生。一次考試，考卷發到最後，老師才發現考卷短少不夠，在當時沒有影印機的年代，考卷靠刻鋼板，用油墨印刷，要臨時補印是麻煩的事。考卷既然已發，又不好收回改日重考，老師就叫那些寄讀生兩人合考一張考卷。在當時屬正常生的我們，還引起一場軒然大波，大家直嚷著要做寄讀生呢！

除了寄讀生外，還有帶弟妹一起來上課的，一則不荒廢課業，二則就近順便照顧弟妹，真是「摸蛤仔兼洗褲」——一舉兩得。一次上課，台上老師正講得口沫橫飛，上得忘神起勁之時，台下一片悄然安靜。這時突然冒出一句：「阿兄…，我要呷糕！」一聲音分貝之高，絕不遜於台上老師洪亮的音量。滿室哄堂大笑，台下的我們個個笑彎了腰，有如群風舞花般的東倒西歪，一時之間教室秩序大亂，台上的老師不消說，橫眉豎眼為之氣結，彼情彼景，還真不是一句「又好氣又好笑」可形容！

開學囉！一年級的新生，讓我們整裝出發，帶齊應備的文具，再帶一顆快樂的心來上學。

——原載民國九十二年八月廿五日《金門日報》副刊

當歌聲響起時

又是週四，下了班，匆匆料理好全家老小的五臟廟後，顧不得孩子的功課是否已完成，更不理會咱們家老爺懷疑的眼神，就興沖沖的往文化局跑，因為今天又是合唱團練唱的日子。不一會，男的、女的、老的、少的，大家齊聚一堂，展開歌喉、引頸高歌……一時悠揚美妙的歌聲，繞樑不絕於耳，與屋外的交際舞、元極舞……，樂聲互相勁庭，不相上下。自幼即屬音障的我，是音樂國度裡的低能兒，但每晚練唱完，哼著歌兒踏上歸途，卻讓我成了星空之下的快樂族。

讀小學一年級，立冬前夕，我病了。貧窮人家，難得殺雞宰鴨，立冬補冬，是小孩期待的日子。跟往年一樣，老媽在我們的期待下，宰殺了一隻雞，除了犒賞一下五臟廟外，也為我們補補身子。當時醫學不普及，生病是難得上醫院的，老媽知道我病了，卻不知是痲疹，在難得美食當前，她自個兒捨不得吃，仍手持湯匙，一匙一匙的餵食我一再拒食的補冬雞。隔天，我的聲音瘖啞了，像個啞巴，一句話都說不出來。沒了溝通的世界，我停學在家，常常一個人，默默的坐在門檻上，望著門前來來往往的行人發呆。

老媽尋遍了各種醫治秘方，我的病情慢慢好轉，待我再重背書包，學校裡的注音符號已全部教授完畢，注音符號一共有幾個，是直到唸大學修語音學才知道的。病後，每天帶著一罐枇杷膏上學。上課時，突然猛咳大咳，咳得上氣不接下氣，咳得臉如關公時，台上講得正起勁的老師，總是急忙停下手中的粉筆，吩咐班上的同學，三步作兩步的去把就讀六年級的二哥叫來，一口一口餵我吃枇杷膏。小時，聲音略帶鼻音外，尚屬大嗓門，班上司儀非我莫屬，因近水樓台參加了多次的演講比賽，也曾抱得獎項歸。及長，不喜說話的個性讓嗓門越見聲小，受創的喉嚨缺了女孩的嬌柔美音，沈默竟也成了一生如影隨形的伙伴。

小學時，是學校合唱團的一員。練唱時，在村中一棟古厝的二樓，那是珠沙村長的家，也是班上一位女同學的家。樓下開著雜貨店，五顏六色誘人的零食，塞滿了玻璃櫥櫃，總是吸引了我們路過的眼睛，童年為此駐足不前。多年後，做了導師，一次家訪，重訪兒時舊地，才驚覺到我的學生，竟是叫同學姑姑的。人生際遇，又有誰能預知呢？

導師歐陽揚明，是合唱團的指導老師，個兒不高，四十冒芽的他，踩著那台咿咿呀呀的風琴，聲嘶力竭的要我們扯開喉嚨，一遍又一遍練唱著。當時沒有幼稚班的設置，女老師少之又少，全縣的合唱團、土風舞比賽，都是由稍具音樂造詣的老師一手包辦，可能是老師並非出身名門，所以我們鮮少在全縣比賽中脫穎而出。由於在班上的成績不差，頭腦一點就通，學校裡的任何比賽，合唱、土風舞、吹笛子、作文、演講、……等，都有我參加的足跡。

進了國中，上音樂課，才發現除了要會唱歌外，還要認得那些狀極相似，有時頭朝上，有時

頭向下的豆芽菜，這個是幾分音符？哪個又是幾分休止符？第一次考樂理，考卷一發下來，永遠忘不了那個名字有個「華」字的女老師，把只考了個位數的我，和另一位只比我多考兩分的同學，叫到教室前罰站的窘境。那種羞辱，是我打小到大，從未有過的。或許是那種挫折感使然，從此，我在音樂的國度裡，成了一個低能兒。「五音不全」，「荒腔走板」…都不能道盡我對音樂的無奈與低能。

每個學校都有合唱團的成立，招募合唱團員是學校裡的大事。做了老師後，才發現招募合唱新團員最簡單的方法，就是承續學生原有的傳統，只要老師一聲：「小學參加合唱團的同學，到音樂教室集合。」老師就可以事半功倍的完成此一重任。理所當然，我成了國中合唱團的一

員。可能是參加的人數超出想要的，一次練唱時，老師宣布要每位同學上台清唱一首歌，作為是否適任合唱團的依據。望著滿座又陌生的臉孔，曾有多次上台演講露相的我，不覺也為之畏怯不前。輪到我時，我鼓起勇氣上台，告訴老師說，我願意放棄參加合唱團，把機會讓給其他同學。奈何老師篤定我非唱一首，否則不能下台，在騎虎難下的情況下，我用破銅般的聲音唱了一首「茉莉花」。曲罷，以迅雷不及掩耳之勢，倉皇下台，自尊心嚴重受創。台下，我強掩著狂嚎大哭的嘴巴，但不爭氣的眼淚，已如掉落的串珠奪眶而出，心中立下暗誓，此生再也不參加合唱團了。

從此，合唱團練唱，再也見不到我的蹤影，即使老師一再的催促出席，但我宛如吃了秤錘，鐵了心，不理會他。唸高一時，音樂老師從台灣遠來，是出身音樂系的專家。上課，再也不是彈會咿咿呀呀的風琴了，而是放在音樂教室一角，體積龐大，狀極肅穆，給人一種不得亂摸，沒有三兩個人是抬不動的鋼琴了。一次上課，她要我們按節拍「答！答！答！」打拍子。全班四十三位同學，在整齊劃一的拍聲中，只有兩位同學格格不入，不是搶，就是慢，其中一個就是音樂低能的我。老師不信孺子不可教，私下替我們惡補，但韻律感低能的我們，終負老師所望，仍是不改音障本性。

年歲增長，才驚覺到人生苦短，以有涯之生命，去追求那無涯之學問，有如大海撈針一般，所得僅是滄海之一粟罷了。年屆不惑的我，才想到要修研究所四十學分班，才想到要讀在職專班研究所，才想到要參加合唱團……，或許是要彌補幼時疏學的遺憾吧！不能再如年少時，大把

大把的虛擲光陰，我要走出象牙塔，把握每個學習的機會，充分享受學習的樂趣。雖然我五音不全，雖然我荒腔走板，但相信只要我肯認真學習，今天會唱得比昨天好，明天會唱得比今天好。

——原載民國九十二年一月七日《金門日報》副刊

又是下雨天

陰雨綿綿，溼又冷的天氣，讓人不禁懷念起乾乾爽爽的晴天。冬天，厚衣穿得像無尾熊，想著夏天短袖短衣的輕鬆；夏天，臭汗浹背，又想著冬天被窩裡的溫暖。

天雨，整潔打掃，叮嚀孩子把教室打掃乾淨，外面的整潔區就甭去了。怕孩子一時貪玩，再強調一句：「哪一個上課衣服是溼的，可是要受罰的。」心想這樣應該ＯＫ了吧！交代完，打掃教室的孩子一如往常的打掃著，我則埋首在桌前「簿山簿海」不能自拔。冷不防，細如蚊蠅的聲音在耳畔響起，回頭一看，是嶸嶸來問老師：「我們可以去倒垃圾嗎？」直覺就問：「垃圾多嗎？」一旁的綸綸即刻應答：「蠻多的。」我只好點頭，叮嚀他們要帶傘，小心的走，不要滑倒。看著他們離開教室的背影，打從心底發出會心一笑，原來孩子喜歡下雨天，古今皆然。

下課了，獨不見銓銓的人影，這個被我禁足的孩子，這回跑哪兒去了？我帶著狐疑回辦公廳，竟然在樓下走廊轉角處，看到撐傘正在玩水的銓銓，更堅定了我在教室裡的想法，過去的孩子喜歡下雨天，現在的孩子一樣喜歡下雨天。

放學了，教室後的水桶，總會遺留幾把被遺忘的雨傘，花花綠綠的，像一束鮮花盛開著。不

由得讓我懷念起小學，常被我帶至學校的黑雨傘，一把阿嬤藏在門後的破雨傘。

小學時，每天步行約二十分鐘才能到校，天公作美時，健步如飛的我們，一路嬉戲追逐，快樂得很。若碰上雨天，搜遍家中雨具，找不出可遮雨的，斗笠，麻袋、塑膠布……，全都被搜刮派上用場。最搶手的，就是年已八旬的阿嬤，藏在她房門後的黑色破雨傘。多少次，我捷足先登，把它搶先帶至學校，因為一早出門，天空是陰陰的。帶了傘出門，上起課來就心猿意馬，盼著外面能刮風，下雨，讓回家的傘，有派上用途之地。但「人生不如意十之八、九」，尤其是應驗在帶傘上學的日子裡，常常不是撐傘回家，而是揣在懷裡成了累贅，嘟嘴生氣一整晚。

帶傘，常沒下雨，真正下起雨來，又

常是沒帶傘。雨傾盆而下，整齊的路隊，瞬間作鳥獸散，大家倉皇竄逃。百米的速度，一路奔跑回家，大家都心知肚明，越快的速度，回家的路越短，淋的雨越少。

當晚，家家多了一道「落湯雞」，擦澡、吹頭、烘衣，自不在話下。如今雨天，上課當中，常有家長為孩子送來雨具。放學時，校門口外，驕車一輛接一輛，一片花花綠綠的傘海，各尋就位車子，好像花蝴蝶各尋其棲息之所。待孩子一一上車，車子揚長而去，只留下一陣陣的煙塵，彷彿什麼也沒發生。

最深刻的一次雨天，春雨綿綿，人人有備而去，果不其然，放學時雨勢如傾盆。這時有的頭護書包，有的套塑膠袋，有的遮紙皮，更有披麻袋雨衣，可裝百來斤米重的粗厚麻袋，凹摺成一件遮後背的雨衣，比之簑衣更能為人接受。大部份的人有備而來，但仍有少數幾個空手而來，放學隊伍，在整齊中夾雜著躁急。住在東沙，成績總掛班尾的男生，渾身溼透，急得一條大便從褲管滾落而下。整齊的隊伍，一時潰不成軍，大家摀鼻而逃，他一臉無辜，睜著一雙無辜的眼，笑看這雨中竄逃畫面。

孩子喜歡晴天，更喜歡雨天撐傘玩水，若能有雙雨鞋，玩起水更是起勁。如今年歲增長，方知有時拋開正規常理，肆無忌憚的撐把傘，在雨中大剌剌的漫步，那應該也是人生的一大享受吧！

——原載民國九十四年一月七日《金門日報》副刊

輯三

溫情滿人間

都是那隻鳥惹的禍

現代人住的房子，普遍有越來越小的趨勢。打從我家從兩里外的村居，搬來所謂的小鎮新屋後，首先感受到的即是可跳芭蕾舞的寬敞客廳，像被魔術師施了法般，成了難以迴身的打坐斗室。

從一樓爬到三樓，再從三樓轉身到樓下，上上下下幾十回，我如波浪鼓的一顆頭，早就搖得暈頭轉向，不辨東西南北了，因為沒一處是令我滿意的。唯獨廚房後一小塊陽台，是我稍感欣慰的地方，那兒被我這個自嘲為「園外」的人，種了幾盆總是跟不上氣候開花的綠色盆栽。

傍晚時分，我在廚房忙得分身乏術，看膩了竄煙冒火的鍋爐後，常吁口長氣，覷眼瞄著窗外那幾盆被冷落的花。有時瞥見一兩隻麻雀，停在鐵窗外探頭探腦的，從牠們交頭接耳的模樣，我常幻想牠們是被我烹調的香味吸引來的。餐桌上，孩子們鮮少為我的菜色搶食過，也罕聽他們對我的廚藝讚賞過，偶爾有一兩隻小鳥聞香前來捧場，就足夠讓我陶醉好幾天。

大抵說來，「鳥」這種小東西都不是惹人討厭的動物。不記得是哪一年，路過一家賣鳥店，對籠內各式各樣，五顏六色的小鳥，印象深刻。有種叫「十姐妹」的鳥兒，對其鳥名感到特別好

奇。莫非母鳥每次孵出的小鳥都剛好十隻，而且全是雌的，所以叫「十姐妹」，果真如此，那牠們又如何傳宗接代？這麼多年後，雖然仍然找不到答案，但對「十姐妹」那趨粉又近白的嬌小身影，印象卻磨滅不去。

小時候，家裡曾養過一隻斑鳩，灰色雜點的羽毛，讓我一直以為牠就是鴿子。一天早上，發現昨天還活蹦亂跳的牠，竟血跡斑斑的慘死在籠內，根據家人推測，家裡那隻貓應是兇手。雖然後來斑鳩有沒有被老爸「麻油爆斑鳩」下肚，不得而知。但自那次以後，我對貓這種動物僅存的一點好感變成蕩然無存，後來再得知貓是「戀吃、戀住」，不「戀人」的無情動物後，我對牠的印象，從此更是深惡痛絕。對現代人把貓當寵物，抱在懷裡又疼又愛，不由得產生很大的懷疑。

有些人家喜歡養鳥。到中國大陸旅遊，看過公園裡的大樹下，掛著許多罩著黑布的鳥籠，可以推測附近一定有群老爺爺正在下棋或聊天話當年勇。聽說他們養的是比鳥音的畫眉鳥，對那鳥長得是怎一模樣，一點印象都無，對八音識不上五音的我，更不識「鳥音」之優劣，只知有人把養鳥當成一種嗜好。也有人養「八哥」，小孩子只要聽說「八哥」會說話，十個有九個都會感到好奇，甚至把能養一隻會說話的八哥鳥，當成此生最大的夢想。那種夢我也曾做過，可惜直至今日，我還未曾聽過八哥鳥說過一句話。

對八哥鳥的印象，除了幾次在犁田的農夫身後，出現一整群牠們搶食翻上來小蟲的身影外，對牠們也是一無所知。從牠們嘴巴頂上那撮翹起來的毛，肯定牠們絕不是烏鴉，而是千真萬確的八哥。

「鳥語花香」與「花前月下」搭配的良辰美景，一般說來，大家應是求之不得才是。但事實並不盡如此。一個假日，全家正在樓下忙打掃，大小姐匆匆丟下手中的抹布，氣衝衝的就往樓上跑，我正感納悶之際，二小姐連忙解釋道：「她趕鳥去了」。我不聽則已，一聽，更是丈二金剛摸不著頭腦。嘴裡不覺嘟囔起來：

「趕鳥？」「幹嘛趕鳥？」

「那隻鳥很吵，吵得很，所以要把牠趕走！」二小姐馬上辯解說。

悠悠不覺過了數日，一個週日的早上，竟被一種「咕咕！咕咕！……」的聲音吵醒好夢，豎耳一聽，聲音是從三樓陽臺傳來的。想到好夢難續，只好滿肚不悅下床，準備出門上市場買菜。出得大門，抬頭往上望，三樓陽台冷氣窗台上，停了一隻靛藍色

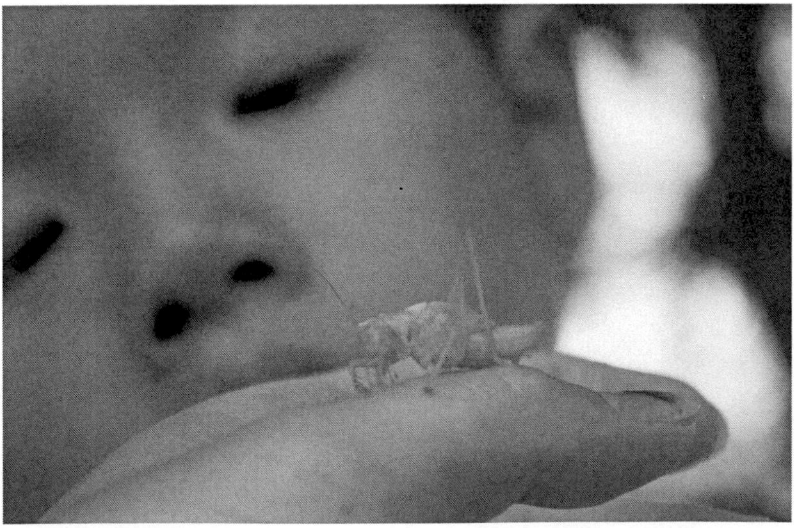

羽毛的鴿子，蓬鬆著羽毛，蹲在那兒「咕咕！咕咕！……」叫著。這時我才恍然大悟，原來「鳥語」也有惹人討厭的時候啊！再回想那天大小姐上樓趕鳥之事，不覺打從心底的莞爾一笑。

這件「鳥事」似乎該落幕了，其實不然，直到年終大掃除，趁著一個難得陽光露臉的午后，我全副武裝上三樓清洗陽臺，才赫然發現，原本可以晾晒衣物，種些花草的陽臺，已被那隻鴿子糟蹋得滿地的鳥屎。其慘不忍睹之程度，用「可澆肥一個花圃」來形容也不為過，我奮力拿起水管大肆的清洗，排水孔還多次被鳥屎塞住呢！

從那件鳥事發生後，我對「鳥語」已不再存十分完美的印象。再回想到多年前，學校裡一位下班總是忘了回家的老同事，有天竟反常急匆匆的要趕回家，一問之下，才知他要到高粱田裡放鞭炮。

「放鞭炮？」「在高粱田？」一時疑惑全盤上腦門，直覺感到好笑，經過追問之下，才知道他要去驚嚇那些偷吃高粱的麻雀。無獨有偶，看來「鳥」這種小東西，並不全然都是可愛的。原本對鳥還有九分的美好印象，這回還真的像臺灣股票一般，讓我的信心擺盪不安。看來都是那隻鳥惹的禍！

——原載民國九十七年四月七日《金門日報》副刊

同學

姪女要出嫁了，遠在菊島澎湖任教國中的她，談了幾年遠距離的戀愛後，最終還是選擇一般尋常人走的傳統道路，踏入婚姻。年輕時，就常耳聞村中的嫂婆嬸姑說，這個小姪女個性像她小姑姑，文文靜靜的，一副小媳婦樣。鮮少聽她粗聲說過一句話，更甭說挾風帶雨的發過威，爆過一場火脾氣。聽在我的耳裡，這話應該是毀多於譽，說明文文靜靜的背後，隱寓著一股懦弱在游移，沒有主見之下難成氣候，只有規矩聽話，任人擺佈。

人生的路是說不準的，左轉或右拐，自有不同的風景。大道有寬路的磅礡雄偉，小弄有細巷的幽明靜美。選擇東行，就得捨棄西進，無論是如何的抉擇，都有遺憾。有人說：「走入婚姻是後悔兩字，不踏入婚姻一樣是兩字後悔。」更絕的是：「不管與誰同床共枕，最終都是美夢難圓一場。」緣於人是往前、向上看的動物，樂觀積極的鬥志之下，目光所聚永遠是那缺憾的一角，就像考九十五分的學生，搥首頓足的永遠是那被扣掉的五分，只有少數人會為得到九十五分感到慶賀欣喜。追求完美圓滿，這是人性可喜之事，但也是人性擺脫不掉遺憾的宿命吧！

姪女要結婚，做姑姑的免不了俗，總要添粧送禮應景一番。金飾店一上夜就歇業打烊的習

性，宛如日行性的動物，必須曝曬在陽光下才能生存，與我這個摸黑才能上街的人，猶如是天上參商兩星，永遠湊不成一塊兒。好不容易挑了個假日，吆喝著嫂子上街，尋得那半百老字號的金飾店，面對滿櫥窗金光閃閃的首飾，方知金價已如油價，一躍成了當紅炸子雞，就像春去夏至的溫度計，連連向上竄升，此時方知口袋裡預籌的厚疊紙鈔，瞬間薄稀不少，讓人有著一夕富翁成貧民之慨。

老字號金飾店，就在城區最熱鬧的街口上，掌櫃的是一對已上五十的夫婦，不是生面孔，每次上市場購物，店前總要涮兩回，即使不是店裡的常客，夫婦倆的臉，已烙在腦海裡。這種半生半熟的臉孔，對我這種常與「貴人」失之交臂的人而言，滿街都是，缺的只是願不願意停駐腳步，打一聲招呼、寒暄幾句吧了！「緣份」這東西，若是一個

興致勃勃，另一個卻猛打哈欠，擦肩而過的惘然是必然的。

兩個婦道人家，就著滿店金飾品頭論足起來，掌櫃夫婦倆一旁嗯嗯哼哼的附和答腔著，我們交頭附耳打我們的算盤，他們心照不宣懷他們的鬼胎，一場金飾買賣的生意，在爾虞我詐之下悄悄進行。從原本的茫無頭緒，至選定目標，戰情漸漸露出曙光，雙方開始論斤計兩，一個說「算便宜一點，起碼工錢少收些」，一個道「這已是最低價，連本都快沒了」。就這樣你來我往的討價還價，彷彿買賣就在兩片薄唇子，輸贏就靠各人平時的修煉功夫了。

最後在一半躊躇、一半兒肯的較勁之下，一句「改天一定會再來光顧」，買賣終於拍案底定，掐頭去尾，老板點頭少收三百。老板娘端出精美盒子準備盛裝，我們也從懷裡揣出巨款準備付現，一臉欣喜錢入袋的老板娘，突然指著嫂子說：「你好面熟哦……，好像在那裡見過！」

恍如一語驚醒夢中人，嫂子回道：「你也很面熟，我好像也在那裡見過你。」

「你是唸寧中的嗎？」老板娘繼續追問。

「娘家住榜林。」言下之意有著默認的意味。

「哦！〇〇是我的同學。」

「我也認識〇〇，她就在我們班。」

兩人一齊發出驚呼：「原來……，原來我們是同學。」

一句「你很面熟」，牽扯出一段同窗之誼，一句「我們是同學」，連零頭三百也免了，總共少收六百。我的內心暗自發笑，真是「貴人」碰上「忘事」，兩人湊成一塊，這樣也行，互不相

欠，戲演一場。

人生的路，條條皆不同；世上的人，個個皆相異。近在咫尺的兩人，竟然不知曾同窗共硯數載。這樣的戲碼，在我們周遭的每個角落，也可以如此精彩上演著。下回換作我，指著你的鼻頭說：「我們是同學」，少收六百應是最少價，誰叫三十年後，我還記得王大明坐中間排十一號，李大同坐靠窗三十二號，你坐十九號呢！

——原載民國一〇〇年五月一日《金門日報》副刊

粽葉飄香憶老媽

端午節打電話給錞妹，互相消遣外，做乾姐的末了還不忘帶著關愛的口吻問：「今年端午節可有粽子吃？」一向把乾姐視為無所不能的她，馬上像伸手即可拿到糖吃般興奮的問：「妳自己包的粽子？」這一問，電話兩端的兩個女人都笑開了。

有人說過，要知道老婆年老時是怎一模樣，瞧瞧現在的丈母娘即可知曉。此話或許有點可信度，但也不能百分之百的全信。自忖在個性某些方面，的確是傳自老媽的真傳，但在更多方面，尤其是廚藝方面，卻未能傳得老媽的一技半長。咱們家老爺體諒我上班的辛苦，所以下班後累得像一條狗的他，總是語重心長的說，晚餐能不煮就不煮，反正外面買很方便。三個孩子對我絞盡腦汁變菜色，在廚房裡與鍋碗瓢盆奮鬥半天，好不容易才能端上桌的菜餚，搖頭嘆氣的總是比翹拇指的多，他們的口徑總是不約而同：「讓我們自己去買吧！」大有「媽媽……你就饒了我們吧！」的意味。廚房裡的事兒，給我的挫折感總是比上班來得大，因為我壓根兒就沒傳得老媽開菜館的廚藝功夫。

除此外，逢年過節的「炊粿裹粽」，老媽沒一樣不精通的。小時，穿堂有一臺石磨，是兄弟

姐妹幹活兒的工具，除了磨玉米粉，磨麥粉；過年磨年糕，磨紅龜粿漿；農曆七月，就是磨「格子糕」粉。有時是炒過的米，有時是炒熟的麥子。一人推磨，一人施放待磨的穀物，一刻也不得偷閒。磨得厲害時，手掌心是要起水泡的。我常視那石磨為可怕的東西，見了它就要憎恨，經過時總想踹它幾腳。但工作是一絲也不能拖延的，除非有能耐，能如老媽說的「把皮繃緊一點」，所以對剝削了我遊玩時間的推磨工作即使恨之癢癢，也只有心猿意馬的做著。

蒸糕的日子，老媽總是愁著一張臉，如臨大敵般，嘴饞的我們，在她跟前嚷著「糕熟了沒？糕熟了沒？」她是要發火的，雖知蒸糕是犯忌的，但老媽卻從未明說，不懂事的我們，仍舊是一聲聲「糕熟了沒？」惹得她雙眉揪得更緊。有一回過年蒸年糕，她還往灶裡扔了副賭牌，還聽得她喃喃自語：「糕一直炊不熟，可怎麼是好？」心上只掛記要吃糕的我們，哪裡知道蒸糕這件事，對老媽是多麼重要啊？

除了蒸糕，老媽也包得一手的好粽子。過去只有端午節可吃到粽子，哪像現在日日都有粽子賣，時時都有粽子吃？吃粽子可是我們垂涎已久的事，端午節前幾天，老媽就會挽著提籃搭公車，來回金城的準備包粽子的材料。材料都備齊後，又是浸粽葉，又是刷粽葉，又是泡糯米，又是滷肉、炒粽料，總要忙上好幾天才就緒，老媽包的材料豐富、香噴噴的粽子就上桌了。多少年來，吃遍各式各樣的粽子，就是還沒能找到像老媽包的料多味好的粽子。

那一年，端午節前半個月，老媽中風了，在加護病房昏迷了整整四十八天，端午節嚼著別人包的端午粽，滋味全無，粽子沒了老媽的味道，心坎中盡是絲絲的酸與痛。我們把老媽盼清醒

了，那晚，我和老姐來探望不言不語的老媽，老姐語帶鼓勵的說：「等您病好了，我們再來包粽子。」老媽不言不語，但從她臉上的一抹苦楚和尷尬，我讀到了對人生的絕望與遺憾。如今老媽已走了一個年頭有餘，那晚的情景，老媽臉上的那絲愁苦絕望，卻一直深烙在我的腦海裡。

老媽走後，兩次在夢中見著了她，母女倆相對默默無言，最後只有眼睜睜望著她愈走愈遠。就像她在時，與她的話就不多，雖然身為么女，但從小卻未學得在她懷裡撒嬌的本領，倒是老姐與她較有話說。夢醒後，徒留下深深的思念惆悵與盈眶欲滴的淚珠，一滴一滴……。

如今，老爸和老媽都走了，回娘家已成了一種惆悵傷悲。老爸念念不忘的來福，雖是一隻已聾的老狗，卻日日守著那

破舊的老屋，正如老主人仍在一般。我拿了些剩飯菜渣去餵牠，總不忘記鑽進那用木柵欄阻一半的側門，到滿屋塵埃的大廳，在老爸和老媽的神主前合掌膜拜，但總是想紅了眼眶，腦海中竟遍尋不著要跟老爸和老媽說什麼，只有在內心深底一聲聲的問：「阿叔！阿娘！您們在那裡好嗎？我想您們……」。

——原載民國九十五年八月廿八日《金門日報》副刊

有兄如父，恩情卡大天

霓虹燈閃爍，人聲鼎沸的夜晚，萬華龍山寺香煙繚繞的廊柱旁，我用顫抖的雙手，從大哥的手中接下了這學期的註冊費……。

大學聯考以微分之差，我從日間部落榜，輕而易舉上了夜間部，緊接而來的龐大註冊費，讓我在異鄉初次嚐到了斷糧之炊的窘境。家境貧困，老媽終年竭殫心思辛苦的養豬，甚至向左鄰右舍舉債，一家七口方得勉強糊口，大學日間部是我們兄弟姊妹可望不可即的大餅，夜間部才是我們求學歸所，兄姊在半工半讀下，靠自己的能力完成了大學學業。排行老么，自幼即生活在溫室的我，卻也無能力去支付第一學期接踵而來的註冊費。

大哥遠渡重洋，到台北看望異鄉求學的弟妹，我們接待他到素享盛名的萬華龍山寺遊覽，一則飽覽古寺的奇偉神秘，再則歡敘兄妹之情，在躊躇難語的詭譎氣氛下，他從口袋掏出了辛苦賺來的血汗錢，安撫了我即將面臨的註冊徬徨。

在家排行老么的我，自小在爸媽、兄姊的照顧庇蔭下，求學的歷程，一路走來是那麼的順遂，平時在校雖無亮麗耀眼的成績，但每逢在人生的轉捩關卡上，總能安然度過，這不能不歸功

於大哥的功勞。

自有印象以來，老爸忠厚寡言，一家的生計，都是老媽在搔頭扠指、錙銖算計中勉強糊口。直到大哥稍懂人事，他毅然決然的肩挑起全家的生計重擔，捨棄了他大有可為的學業。他賣過冰棒，每天騎著老舊的腳踏車批發冰棒，挨村沿街的叫賣，不到日落黃昏是不見他回轉的身影。年幼的我，不知其間的辛酸，每天期待的是腳踏車後的木箱，能有幾根賣剩的冰棒，解解我貪饞的嘴巴。

他養過肉雞。數百隻雪白羽毛的肉雞，是他每天晨昏定省照顧的主人，對醫學一竅不通的他，在雞隻生病的當兒，也能手持針筒為雞隻注射，這一切無非為了把雞照顧好，把雞養肥，好多賣些錢以補家用。

他跟村人合伙開過小吃店。阿兵哥與民同居的年代，咱們家是村中少數夜晚燈火通明的小吃店，在阿兵哥如潮，生意繁忙時段，一碗五元的麵，盈利就這樣一元、五角的攢積起來，它是我們家的經濟來源。

他炸過蚵爹，賣過蚵爹。珠山村外的靶場，是阿兵哥練習射擊打靶的地方，更是大哥叫賣蚵爹的最佳場所，五角一個的蚵爹，盈利是如此的微薄，但有著孜孜不倦勤勞個性的大哥，就這樣一分一毫的為我們全家賺得了溫飽。

他拜三舅為師學木工，刻苦勤勞的他，學到了木匠的絕活手藝，成了人人爭聘的木匠師父。他終年無休、夜以繼日為人趕製木窗、木門、桌椅，甚至室內裝潢，賺取了辛苦錢，好為我們支

付註冊學費。

如今我們弟妹四人都完成大學學業，各有工作，唯獨大哥卻面臨了無業之憂。由於科技的進步，傳統的木匠工藝亦隨之日薄西山，取而代之的是輕巧經久的鋁製業，大哥的工藝絕活因而壯志難伸，面臨失業的危機。不屈不撓刻苦的個性下，他轉行為人蓋房子，做過小工；在經濟萎縮，百業蕭條的現今，他當過鋤草工；利用工作的空檔，他撿拾破爛以貼補家用，他……，只要能賺錢的機會，絕不落人後。勤勞是他的天性，偉大是他的化身。

有兄如父，是我此生最大的恩寵，在大哥諸多的犧牲之下，才有今天的我。一顆感恩之心，是這枝禿筆難以形容說清的，願未來人生的道路上，能以棉薄之力，回報大哥那如太陽光般之大恩於萬一。

——原載民國九十二年六月廿日《金門日報》副刊

說愛要即時

母親節又悄悄來到，為了順節應景，按照慣例，準備了一張母親節的學習單，要小朋友帶回家寫。解說遊戲規則時，我的話還沒說完，小朋友就噓聲四起，個個笑得像枝頭上亂顫的花朵一般。我望著台下這群一年級的小蘿蔔頭，心中真是啼笑皆非。在我的擇善固執下，他們接受了學習單，但從他們五味雜陳的臉上，我看到了小孩子天真純潔的一面。

隔天把學習單收來，上面有著大大小小的唇印，有鮮紅，有桃紅，也有膚色的。我問他們，親親媽媽，跟媽媽說你愛她，媽媽的反應如何？媽媽對學習單有什麼意見？最活潑愛說話的瑜瑜搶著說：「我在媽媽臉上親一下，媽媽就擰擰我的臉頰，害得我的臉頰好痛哦！」，祥祥也說：「媽媽說我神經病啦！」這時小朋友笑聲四起，這個說肉麻，那個說噁心。結論是大部分的媽媽對這樣的學習單有點「感冒」。我老氣橫秋的告訴小朋友，年紀小，親媽媽、說愛媽媽，這是輕而易舉的事。等到年紀大了，要說要做就很難了。像老師一樣好愛媽媽，卻沒有勇氣去親親媽媽，更沒有勇氣告訴她我好愛她，你們說愛要趁現在啊！

自有印象起，老媽就是讓我們難以親近的，我從來沒親過老媽，也沒有擁抱過她，更不曾跟

她說過我愛她。跟老媽最親近的距離，大概是赴台讀大學後，老媽到台灣，我牽著她因長年工作而厚實結繭的手，在車水馬龍的台北街道上逛，母女連心的感覺，是我此生最難忘的記憶。我愛老媽，但我不曾跟她說過我愛她；我愛老媽，但我不曾親吻擁抱過她。我帶給她的只有無數的擔憂與煩惱……。

國二時，一般家庭都是清苦的，我們家也不例外。每天兩塊錢，買兩個炸饅頭裹腹，已是午餐最奢侈的開支了。老媽一向是一個星期才給一次午餐錢的。那天早上，我張羅好要上學的東西後，想到今天的午餐錢沒著落，就急匆匆的跑到老媽床前，向她開口要午餐錢，老媽張開因晚睡而惺忪的雙眼，隨口問了我一句：「不是前幾天才給的嗎？怎麼又用完了？」我嘟著嘴，喃喃了一串搶白後，掉頭轉身就跑，留下錯愕的老媽在後面聲聲的呼喚……。

那天中午，空著肚子，心中卻是氣憤填胸，心裡盤算著如何餓壞肚子，讓她後悔不該那麼小氣，給個午餐錢也要囉嗦半天。放學後，我還賭著氣，打算晚餐也繼續絕食抗議。回到家，走進廚房一看，此時應是清潔溜溜的餐桌上，竟有著一鍋炒飯。老媽一看我回來了，默默的為我添了一碗飯，擱在我的手上後，一句話都沒說，轉身就離開了廚房。

我望著老媽落寞離去的背影，瞬間，熱淚盈眶，兩行淚水再也不聽使喚的奪眶而出。我想喚住老媽，告訴她我錯了，卻哽咽得一句話都說不出來。最後和著淚水把一碗炒飯吞完，炒飯是什麼味道？飢腸轆轆的肚子，早已失去了知覺，有的只是無限的悔恨和懊惱……。

如今，做了三個孩子的媽，方知母親之偉大。一年母親節，三個孩子買了三朵康乃馨花送

我。我從孩子不知所措的手上接過康乃馨，嘴巴嚷著何必如此浪費錢，但內心卻是暗自歡喜。從孩子靦腆的臉上，我看到了小時候的自己，雖然沒有親吻，也沒有擁抱，更沒有說愛，但一切都在不言中……。

老媽中風後，傷了左腦語言中樞，再也說不出一句話，有的只是點頭或搖頭。每一次去探望她，望著她愁眉不展的臉頰和日漸消瘦的身軀，我的心中是多麼的不捨，但卻說不出一個「疼」字；我想擁抱她，告訴她我有多愛她，但我卻踟躕不前，只有在內心深處喊著：「老媽！我愛你！」一遍又一遍，一遍又一遍……。

——原載民國九十三年五月八日《金門日報》副刊

被嘮叨，也是一種幸福！

寒風徹骨的週六夜，帶著三個孩子去探望老媽。娘家離婆家很近，沒刻意穿戴整齊，隨意趿了拖鞋，就匆匆趕去。甫一進門，老媽劈頭就罵：「天氣這麼冷，也不穿雙襪子。」我當即一愣，竟答不出話來，一股愛的暖流，剎時溫暖了整個心窩，讓我感動得泫然欲泣，久久不能自已。第一次被罵，卻有幸福的感覺。

有印象起，一家的生計，老媽雙手撐起；家中的雜事，老媽一肩挑起。窮困生活環境裡，在望子成龍、望女成鳳下，老媽總是扮著「黑臉」的角色。她是我們家的慈母，更是我們家的嚴父。她對我們的要求總是比老爸來得嚴厲些，只要稍一不慎，嚴厲的苛責是家常便飯，更有多少次的棍棒加身，年輕不懂事的我，對她的怨恨總比老爸來得多些。

嚴厲的老媽，有如擎天大樹般，時時庇蔭著我們。婚前，碰到困難，第一個想到的是她；婚後，已是三個孩子的娘，遇到困難，第一個想到的還是她。她撐起擎天巨傘，讓我們遮陽避暑；築起深邃港灣，讓我們遮風避雨。溫室中成長的我們，沒有烈日的冶煉，但在狂風暴雨來臨前夕，總是能夠尋著安全的避風港。

晴天霹靂的一天，老媽中風了，我才瞿然驚覺擎天巨傘，也有傾倒的一天。我們宛如頓失母雞羽翼庇護的小雞四處散逃，卻不知逃向何處；在炙熱的陽光下四處尋找，卻尋不著那遮蔭的大樹。我們聲聲呼喊：「老媽！趕快醒來！老媽！趕快醒來！」躺在加護病房，陷入重度昏迷的老媽，聽不到我們聲聲的求援。我哭了，我慟聲大哭：「老媽！你要醒來，即使是為罵我一句也好。」上天似乎聽到了我們的祈禱，四十八天後，老媽終於甦醒了，我們喜極而泣，把她抱上輪椅，推著她在病房到處走，彷彿告訴所有的人：我們不是失怙無依的小雞，我們仍有偉大的老媽。

醒後的老媽，不發一語，因為她的語言中樞受損了；不食一米，因為她的吞嚥功能喪失了。她全身插了管子，每回我們去探望她，再也聽不到她聲聲的嘮叨，再也吃不到她刻意為我們留下的美食。看到她日漸萎縮的手腳，瞧到她日漸消瘦的臉頰和深鎖的雙眉。我的淚在流，我的心在痛，我恨自己的無能，不能減輕她的痛苦於絲毫；我更恨自己的不孝，不能反哺母愛恩情於萬一。

五年了，老媽在床上躺了五年。五年來，遇到困難時，我孤軍奮鬥；遇到挫折時，我淚往肚吞。我多麼想念被老媽數落的從前，我多麼懷念被老媽嘮叨的日子。如今我告訴孩子，有人嘮叨也是一種幸福，孩子一臉茫然，就像當年年輕不懂事的我一樣。

「世上只有媽媽好，有媽的孩子像個寶……」，母親節即將來臨，各種為慶祝母親節的活動也陸續的展開。今年的母親節，我要在胸前別上一朵紅色的康乃馨花，在老媽的床前告訴她：「老媽！我愛您！我要您好起來，我要再聽您的嘮叨！」

——原載民國九十二年五月十日《金門日報》副刊

有那麼冷嗎？

每隔幾天，氣象台就發佈鋒面報到新聞，提醒大家注意保暖禦寒。明天氣溫幾度？如何穿著？成了全家最關心的話題。兩天薄衣短袖，兩天緊衣縮脖，這種冷熱無常的天氣，還真讓人感到吃不消。班上小朋友，流鼻水的，咳嗽的，發燒的，偶爾一兩個缺席，不用猜疑，一定是感冒在家休養。

今早出門，習慣性先看看掛在玄關牆上的溫度計，水銀柱還在十度上。當晚，一向活蹦亂跳的兒子搓著雙手，告訴我今天好冷，手好冰。嬌如林黛玉的女兒更不必說了，問我明天可不可以穿兩雙襪子去上學。看他們兩手深插口袋的模樣，心中不覺起了漣漪般的問號：「真的那麼冷嗎？」對體質虛弱的女兒而言，可能真的有點冷。對十歲的兒子而言，「囝仔人屁股三把火」，在他的字典裡，難道真的有「冷」這個字嗎？

這幾年來，「溫室效應」讓地球的溫度，有節節上升的趨勢。回想小時候冬天的冷勁，至今還讓人牙齒上下打格顫抖呢！年逾八旬的阿嬤，一床老舊棉被裡，總是窩藏著一個小瓦甕，甕中裝著竈裡燃燒過的餘灰，阿嬤兩隻手在甕邊磨蹭，掛在臉上陶醉滿足的模樣，小小年紀的我

看在眼裡，腦中總是疑惑的想：「有那麼冷嗎？」

最冷應該是過年時節，一雙盼了整年的新皮鞋，在一張口，一縷白煙就冒出的奇冷天氣裡，成了硬梆梆的枷鎖，十個腳指頭，僵硬得像不是長在自個兒腳上似的。過年時節，難得購買水果應景，望著桌上水果盤，猛吞口水，想到入喉的冰冷勁，只好裹足不前。

上了國中，對冷有了更強烈的體會。摸黑的冬天早晨，從暖烘烘的被窩抽拔而出。匆匆用過早餐，一碗自己下廚煮的陽春麵，然後全付武裝跨上腳踏車，頂著刺骨寒風到學校。一次，天氣奇寒，還下著雨，我穿了八件衣服、三件長褲、兩雙襪子，全身臃腫絕不遜無尾熊。全副武裝裡，獨獨缺了手套，大概緣於當時的觀念，認為手是用來做

事，不是用來保護的，所以不興戴手套的原因吧！注重禦寒保暖的我，冬天裡，耳朵、手指頭、腳指頭，還是長了大大小小的凍瘡。白天有點紅腫，尚不覺得有什麼礙事，一入夜，躲在暖和的被窩，它就開始作怪，抓這不是，摳那也不是，癢得你渾身上下不對勁。

高一時，班上有位姓楊的同學，成績平平，但寫得一手漂亮的字，每次看她用腫似饅頭的手擒筆寫字，我就自慚形穢得無以復加。原來她回家還要幫忙做很多的家事，切豬食、煮豬食都是每天的工作，寒冷沁骨的冬天裡也不例外。腫似饅頭的手，長的是大凍瘡，相形之下，長在我手上的就屬小兒科了。

如今有了各式各樣的禦寒保暖用具，偶爾全家吃吃火鍋，天氣已不似小時候那麼冷了。歷年來，也鮮少出現近零度的低溫天氣。兒子一直向我喊冷，莫非這新新的一代，耐寒的能力是如此之差？比不上咱們這老一輩的皮厚耐寒。他日氣溫若再降至十度以下，我想還是讓他抱床棉被到學校上課好了。

——原載民國九十二年十二月廿九日《金門日報》副刊

姐妹情牽一世

老媽走後百日，我們兄弟姊妹四人，再次踏上老媽情牽一世的新加坡。新加坡——是我們曾攙老媽造訪過的唯一外國，也是她此生出遊的唯一國家，因為那兒有她最親摯的姊姊。民國八十六年，浩浩蕩蕩近十人親友團，純粹為了探遊那個自小即熟悉，卻又陌生的國家，旅遊之心甚於探親。十年後，這趟新加坡之旅，帶著哀傷情懷，我們再次踏上這個蕞爾小島，為的是完成老媽生前無言的牽掛，沒有上回的興奮與期待，有的只是深深的愁思與哀傷……，因為年逾九十高齡的大姨媽中風了，跟老媽一樣的家族病症。行前準備皆在匆匆中就緒，此次遠行並不為遊玩，對旅行社行程雖有微辭，倒也未掛礙心中。

小時，飢索困乏的生活中，偶爾波瀾數起。常常接到大姨媽從新加坡寄來的包裹，裡面有絲綢裁的亮麗夏衫，也有五顏六色的高級布料，更有燕窩、人蔘等高級禮品。在三餐難以溫飽的日子裡，如此豐厚的包裹，總是讓全家欣喜歡躍好幾天。一到夏天，花生成熟，一連串的收穫喜悅，最讓人難以忘懷的畫面，老媽佝僂著身子，在燈下篩選著花生。多少次，我帶著稚嫩的疑惑語氣問老媽，為什麼我們只能享有那一堆乾癟的花生，那一袋肥碩的花生呢？老媽總是帶著一臉

幸福，用欣喜的口吻告訴我，我們在新加坡有一個大姨媽！

就讀國三，素未謀面的大姨媽和姨丈，第一次出現在我們家。年長十歲的大姨媽，沒有老媽歷盡滄桑的衰老，大姨媽豐腴與細膩的臉龐，道盡了老媽的一生操勞。那個秋天，盪漾在老媽臉上的笑容，讓我初次驚覺到，望之儼然的老媽，竟然也有即之也溫的一面。我戴上生平第一支手錶，喜形於色的向同學炫耀。接連幾年，交通日趨便利，大姨媽常在我們的期待中出現。姨丈過世，大姨媽千里迢迢返鄉來探問三姑。前一晚，兩個老人家，對著錄音機研究著，按按聽聽，直到熟悉了操作才歇息，道盡了大姨媽和姨丈的鶼鰈情深。

時間飛逝，大姨媽一年一年蒼老，礙於不識字與重聽，要再返鄉，都得逮住表姊休假空檔方能如願。返金路途既遙且遠，她卻視旅途奔波如甘飴，牽掛金門妹妹的心，沒有因時空的遠隔而稍減。八十七年，老媽中風，大姨媽再度返金。那天，大姨媽雙手緊握老媽那隻乾癟，尚有知覺的左手，姊妹倆銜著淚眼，直搖頭的激動畫面，把杵在一旁的我，撼動得淚水如潰堤的河水在臉上橫流，婆娑模糊的視線裡，我看到了「無聲勝有聲」，一切盡在不言中，姊妹情深的畫面。

電話那頭傳來表姊的聲音，細說著大姨媽已興奮等待我們的到來，一如小孩般的雀躍。我們懷著忐忑不安的心情，心裡默默敲著鼓，把事先套好的謊言，在腦海中一遍一遍的溫習著。身上素色的孝服，也在共識下換了下來，深信地下的老媽會贊同的。見到大姨媽的興奮不言而喻，更令人興奮的莫過於她老人家雖然中風，但經過住院療養，手腳雖不似過去的靈敏，卻能下床行走，生活作息一如常人。看到我們兄弟姊妹四人到來，難掩的笑意，在大姨媽的臉上盪開，如深池中一波波的漣漪，一圈接著一圈，圈圈化不開。見不到思念的親摯妹妹，但看到遠來的外甥兒女，一樣讓她興奮得睡不著。思念的話語在溫煦的氣氛下傾訴著，大姨媽垂詢著故鄉妹妹的近況，我們小心矇著老媽已走的噩耗。從沒說過那麼多謊言的新加坡夜，淚水在眼眶裡打轉，惆悵悲哀之情在心中揪著，讓我們久久不能自已。

短暫的三夜相聚，我們完成了老媽遺留的心願，欣慰的看到仍然健在如昔的大姨媽，更深刻體會到大姨媽和老媽一世的情深。返航的飛機上，我望著漸行漸遠的新加坡島，心中默默

祈禱大姨媽永遠健康平安。新加坡別了，大姨媽別了！大姨媽和老媽倆的深情也永遠……永遠……。

——原載民國九十四年九月廿九日《金門日報》副刊

感動的身影

在最熱鬧喧嘩的角落，也可能照見安靜的感動。

學期中的大事，學區運動會終於上場了。從各個私下揮汗苦練的角落，挪換成摩拳擦掌互相較勁的場面。擲、跳、跑、……，場內強強滾，場外也不遑多讓。看臺上，學生擠得水洩不通、寸步難行。這邊三五個蹲坐一團玩紙牌，那邊兩三個喧鬧開講。偶爾穿插其間的加油吶喊聲，彷佛課堂上老師發出「注意聽」的督促聲，時時叮嚀著孩子們要專心聽課、用心學習。

坐在看臺上，左右逡巡，靜如處子獨自玩手機、看書的有之，精彩的漫畫書，一疊如山置一旁；動如狡兔你追我逐的有之，視臺階成了十項障礙賽的場地，上躍、下跳、左翻、右遁，精力技藝絕不遜場上的選手。趁機享受口腹之欲的，揁掉一杯500ＣＣ的珍珠奶茶，再舔一根甜蜜黏牙的麥芽糖，十元一支的冰淇淋，在這艷陽高照的天氣正好消暑，如果還有肚量可撐船，香噴噴的炸雞，買它一份嚐嚐也不錯。難得有這麼美好的日子，不用枯坐教室聽老師口沫橫飛說教，度日有如世紀之長。那情景好像原本應進教堂聽道並禱告，卻拐彎進了暗巷細弄，豁然驚見整座市場般的清朗與愜意，平白淨賺了一個難得的假日。

在這喧鬧的角落，他來得是如此的安靜，不仔細瞧，根本就不知道他的存在。一身學校運動服，淨白的方臉上，框著一副眼鏡，右執一根長鋁夾子，左手擒提一個塑膠袋，胸前掛了一個名牌。名牌飄啊晃啊，宛如貪玩的小奴僕，急欲掙脫小主人的繩牽索綑，加入喧鬧的行陣。他低頭撿拾著每一階梯的垃圾，大至被闊綽主人遺棄的半杯飲料，小至掉落滿地的海苔屑。每個被遭到遺棄的孤兒，都難逃他的雙眼，一一被收服至他的塑膠袋裡。認真專注的眼神，彷彿他只是化外之仙路過而已，這十丈滾滾紅塵與他無關，在笑飲一杯人世清泉後，即將離去。他淨得如仙子，好像不染塵世的一絲絲煙塵。走近時，我湊眼仔細辨識名牌上的字，寫著「C區，707呂秉翰」。一個素不相識的國一小男生，比今年剛考完學測的兒子，整整小了五歲，但他沈毅認真的工作態度，在兒子身上卻是嗅聞不到的，即使是擒拿了高倍的放大鏡。

我的鼻頭一陣酸楚，油然而生一股莫名的感動。黑壓壓的嬉鬧孩子群，他與他們一樣，都正值青春年少，同樣有著一顆狂熱愛玩的心，幻著一個翱翔天際的綺想美夢，即使不扮場上競技的選手，也是場外喜愛追逐嬉鬧的頑童，但他卻有著異於一般孩子的成熟與懂事，斂收了貪玩嬉鬧的心，為了場地的整潔乾淨，默默的在盡一己之力。

兩天的場內場外熱鬧煙雲，猶如南柯一夢。場內，幾家歡樂幾家愁，輸贏成敗定江山；場外，逍遙嬉鬧眾生相，忘了今夕是何時。他，像恪守職責的社區巡邏官，一天來回三、五次，每次靜靜的來，又悄悄的走。嬉鬧的孩子們，喝了珍珠奶茶，丟飲料杯，吃了冰棒，擲紙袋，舔了麥芽糖，甩竹籤。逞了口腹之欲，餵飽了肚皮，卻渾然不知垃圾哪裡去了。輪迴轉世簿換我擲

判，定說一個是仙，一個是鬼。

不過幾步之遙，卻恍如兩個世界。那邊有若聖殿之堂，正準備隆重的論功行賞，封侯授爵，這邊卻人聲雜沓如市場。倏忽，清空的看臺上，出現了一群學生，有的手擒掃把，有的拘拿笨斗，有的牽提垃圾袋，他們逐列的在清掃看臺。定眼細數，正好十六位，連那穿紅碎花上衣的帶隊老師。原來有十六位呂秉翰，在如是一場競技盛會上，默默的在付出，才讓這場競賽顯得如此的聖潔莊嚴。

期中考才考完，孩子一見我，就是劈頭一問：「老師，什麼時候發考卷？」宛如這回考的是2B鉛筆塗卡的電腦閱卷，他信心滿滿穩操勝券。做事慣常喜歡大鍋大竈快炒，不喜留星火餘燼至明日的我，雖然已改好了考卷，但思緒還陷溺在檢討中，只問收穫不問耕耘的催討者，卻已如千軍萬馬蜂擁而至，直叫我不禁要想起看臺上那默默在撿拾垃圾的身影。

——原載民國一〇〇年五月十八日《金門日報》副刊

來買蚵！

清晨，總是約莫七點出門。踏出大門，常聽得一聲聲「賣蚵……」、「賣蚵……」，傳遍社區巷弄。仔細尋得聲音的來源，是一個年靠六十的阿嫂，高挑的個子，肩挑一擔桶子，沿著巷子，挨家挨戶叫賣著海蚵。更有幾次，車子出了巷口，才瞥見她甫從大街走來，朝著社區方向趕來。暖色系的高領衫，外加一件黑色背心，低著頭，一臉紅潮說明肩上的擔子不輕。雖然我未曾因她的召喚而停駐過腳步，但對她的身影卻特別深刻。

小時候，每到冬天，村中常見肩挑海蚵的阿嫂來叫賣。老媽總是停下手邊的工作，探頭問：「蚵一斤多少？」聽清可接受的錢數，再鑽出身子，細瞧海蚵的新鮮度，中意的話，她才會手持濾篩，靜待海蚵滴水，直到濾篩不再滴水，才肯盛入塑膠袋中，這件事她從不肯假手他人。那天的飯桌上，一道燴海蚵芹菜豆腐，必成了我們搶食的佳餚美饌，不像現在的孩子，見了芹菜，就皺眉搖頭。老媽說，海蚵貴，襯以價廉的豆腐和芹菜，一盤燴海蚵芹菜豆腐，才能稍具份量。那時，海蚵一斤也不過三、四十元，價廉時，三斤一百元是常有的事。

如今，物價迭迭上漲，沒有六、七十元是買不到的，稀產之時，上百元也是有的。但家家

吃得起，一買就好幾斤，炸蚵酥，煮蚵仔鹹，弄蚵仔煎，也很少再襯以豆腐和芹菜了，但孩子們反而視之如鼻屎，連舉箸都懶了。就像咱們家，買回的海蚵，盤底總是愛吃海鮮的孩子爹收拾的。一天，心血來潮，煮了海鮮粥，網羅市場上的海鮮，包括海蚵，孩子們個個皺眉嘟嘴，唯獨他們老爸吃得津津有味。飯後，孩子跑來咬耳說：「媽……，以後煮海鮮粥，不要再加海蚵好不好？」聽罷，一臉錯愕，細想之後，不覺失笑。腦海浮現「吃綠豆稀飯不加綠豆」的笑話，真是一顆海蚵攪壞一鍋粥啊！也不禁為自己唱起「巧婦難為」的悲曲。

孩子不喜歡海蚵，理由是海蚵像鼻屎，超噁心的。這種說法，早在讀高中，一個形影不離的手帕交同學，也說過她弟弟是標準的拒海蚵一族，海蚵像鼻屎，正是他當時的論調。但海蚵裹粉炸成海蚵酥，他可就吃得嘴涎四流。就像咱們家孩子，海蚵炸成海蚵酥，再灑上些胡椒鹽，他們就讚不絕口一般。廚藝不佳的我，海蚵酥炸於我難如登天，每次裹的粉料總是不對，不是黏著了鍋，糊成一團，便是全溶進了鍋裡。海蚵油鍋裡淌一回，不是光禿著身子起鍋，就是全黏貼成一塊，難分難捨。試過一次、兩次後，讓我屢遭挫折，心生氣餒之後，心想既有技藝超群的好廚師，要吃海蚵酥，上餐廳就行了，何必自尋麻煩，折騰自己呢？

提起金門海蚵，總是讓人讚譽有加，緣於石頭上的海蚵，粒雖小，但實甘味美。很多人一早，買新鮮海蚵，寄快捷至臺灣，午後，就可收到，晚餐的菜餚裡，金門海蚵成了聚目的主角，普受喜愛。觀光客至金門旅遊，吃上一碗道地的海蚵麵線，甘甜的海蚵搭配金門特有的Q勁麵線，才不枉金門之行。

就學臺灣時，吃過臺灣的蚵仔煎，一撮白菜加幾顆海蚵和著粉汁，兩面煎至乾稠時，再打一個蛋，口感沒有金門蚵仔煎的酥脆和香甜。金門蚵仔煎，兩面煎得金黃，吃在嘴裡，有甘甜的海蚵，也有酥脆的地瓜粉，再沾些甜辣醬，讓人吃上大半碗，都不覺得膩。每年除夕夜，用地瓜粉和海蚵，加上切碎的蒜仔、芹菜，在鍋裡不停翻攪，起鍋是黏糊的隔年粉，我就意興索然了。

老媽說，幼年的我與童養媳擦身而過，典賣換來的麵線和米糧都吃光了，養父母卻又把我抱回來，因為養母終於懷孕有後了。國二那年暑假，養父母還特地跑到家裡來探望我，生性閉塞的我，見著生人就躲，他們的長相，至今在我腦海中仍是一團謎。養父母在十幾年之後，還心繫這個無緣的童養媳，因為他們連生了五、六個兒子，卻沒有

女兒之故。

一年寒假，跟著三哥到古寧頭同學家，兩人戴起手指套，擒拿尖錐，有樣學樣的埋頭剝了一個午后的海蚵，總加起來，也不過斤把兩重，才深深覺知賣蚵人家的艱辛，明白一斤六、七十元的海蚵，除了耗上大半天的時間剝殼外，還需頂著刺骨寒風，至冰冷的海中拿海蚵，把海蚵推扛回家。如今每次經過市場，聽到那一聲聲的「來哦……，來買蚵！」我總會不經意的停駐腳步，買個一斤半斤捧捧場，即使咱們家的孩子是拒海蚵一族。

——原載民國九十五年二月廿四日《金門日報》副刊

飯後運動場

「飯後走一走，活到九十九」，這是一句耳熟能詳的話。相信上了年紀的中老年人，更能體會箇中的含意。殊不管其是否真的能達到人瑞般的長壽，但至少在身體保健上，肯定是有其正向的價值存在。

十幾年前，肚裡懷著老二，黃昏常到運動場走一走。挺著一個渾圓肚子，擠身在人聲鼎沸的運動場，不時「咻—」的一個人影，從旁揚長而去。諸多快速的人影中，緩慢的身軀是如此突兀，但沒有人會以之為忤。這是一個自由放鬆的地方，每個人都用自己的速度在伸展著身子。

開始散步，是三天捕魚，兩天曬網的隨性。有空了，不累了，就到運動場上走它一走。但有空，人懶了；不累，事情還有一大堆；……。總有找不完的藉口，一星期能夠出現在運動場兩三次，那就要唸「阿彌陀佛」了。隨著年歲的增長，機器老化的「症頭」一一浮現，才驚覺到運動的重要性。有人說過：「世上最正常的真理就是『無常』。」過去認為重要的，現在可能退居成了次要；不重要的，現在鹹魚翻身，一躍成了挺重要的事了。運動就是一個最好的例子。

如今晚飯後，總要騰個半小時以上的時間，到運動場走一走。夏天時，落日餘暉美景當前，

晚風徐徐吹來，如火爐般躁熱的身子，瞬間獲得了降溫，全身舒暢。冬天時，北風怒吼聲在耳畔發威，挺著刺骨寒風前進，身子愈發的熱呼呼起來，原本哆嗦綣曲的身子，也放鬆而舒展起來，有一種說不出的痛快。

順著跑道一圈圈的走著，眼睛也不忘觀察著周遭，看看身旁形形色色的人。大皆是中老年人，偶爾也見小孩子在跑道上奔跑追逐，都是跟隨家人來的。有成雙的夫婦，也有形單影隻的，更有一群結伴的，大家邁著隨性的步伐，一圈一圈繞著運動場，彷彿磨坊中繞圈圈的驢子。大家的心中都有著相同的念頭：「運動了，身體就健康了。」

日子久了，腦中漸漸刻畫了些熟悉的面孔和身影。右手握著一方小手絹的七十幾歲阿婆，獨自踽踽慢行，不知是否還有家人？那對近六旬的夫婦，都有著魁梧的身材，先生微駝而前傾，太太則是挺胸而後仰，真是互補的絕配。一百七十幾公分的小弟，衣領後夾著ＭＰ３，一邊跑著，一邊聆聽音樂，運動兼娛樂，真是一舉兩得；一高一矮的苗條小姐，都有著一頭飄逸長髮，一前一後繞著最外圈慢跑，伸縮長褲的臀部，幾個偌大英文字，引人無限遐思。年逾七十的夫婦，爺爺身材魁梧高大，奶奶正好嬌小，牽手相伴，風風雨雨數十載，飯後仍相約到運動場上走走，走的路線雖是背道而馳，但相約而來，結伴而回，何嘗不都達到運動的目的？

每個人的偏好不同。有的沿著跑道最外圍，一圈一圈的繞；有的則繞一圈就向內跨一圈，繞到最內圈，八圈正好達到自己預計的運動量。有的則是蛇行般，沒有固定的跑道，走起路來也是踉踉蹌蹌的。仔細一瞧，他還邊走邊吐呢！大多人把運動場當成健身的場所，莫非他老兄把運動

場當成了醉後醒酒的秘方？不管如何，至少他上的不是車開的馬路，而是人走的操場，沒有車禍發生的虞慮，更沒有被警察臨檢的擔憂。

每晚走它七、八圈，日子久了，身子愈發舒坦，腳力更加有勁，即使走再長的路，也不會捶腿喊累，精神更是奕奕。環顧身旁的常客，女士的小腿大皆是修長的，男士更是精神抖擻。即使像我這種學生時代因騎腳踏車過度，後面總是跟著一群兔子的人，如今也漸從兔子青睞的行列中脫身而出，這何嘗不是持之以恆散步的收穫呢？

——原載民國九十六年十一月六日《金門日報》副刊

剪魚尾

在東方的海上，有一座小島，名叫金門。它的面積不大，但島上綠樹成林，土地平曠，最高的一座山只有兩百多公尺，名叫太武山。島上人們安居樂業，閩南式的房屋，聚成一個個的村落。村落內，房屋排列整齊；村郊外，一望平坦的農田，因為土壤貧瘠，再加上每年降雨不多，所以種著耐旱的甘藷、高粱、玉米和花生。田壟間，蜿蜒的羊腸小路，貫通了村莊和郊外。

村內雞犬相聞，每到傍晚，炊煙裊裊，一片寧靜祥和。夏天時，小孩子和老人，在廣場或樹下聊天、玩耍，一幅怡然自樂的畫面。

冬天時，北方吹來的寒風，呼呼的帶來了強烈風沙，大地蒙上一層飛沙。村口外，風獅爺披著紅披巾，面向北方，咧著大嘴，吞下長驅直入的北風，護佑著島上的村民，由於祂日日夜夜的守護，因此受到島民的敬仰與膜拜。

金門西半島靠海的一個村落，住著近百戶人家，家家靠捕魚為生。阿福是個八歲的小男孩，家中除了阿嬤和爸爸、媽媽外，還有兩個弟弟，一個妹妹。爸爸每天很早就出海去捕魚，再把捕到的魚拿到市上賣，辛苦的工作，才換得一家人的溫飽。生活雖然很艱苦，但是一家人團聚在一

起，日子過得很幸福。

這種幸福的日子過沒有多久，與金門一海之隔的中國大陸內地，因為受到鄰近國家的侵犯，兩個國家就打起仗來了，這場戰爭也波及到金門這個小島，人民再也不能像過去那樣快樂的生活了，日子越來越困苦。受到軍事的管制，阿福的爸爸只能出海兩天，在家休息三天，不能再像過去一樣，可以天天都去捕魚了。

這種兩天捕魚，三天曬網的日子，讓阿嬤和媽媽每天望著米缸發愁。這天，上街去找工作的爸爸，帶回來了一個好消息。

「可以到南洋去，那裡有很多賺錢的工作。」爸爸興高采烈的說著。

「到那麼遠的地方？你能做什麼啊？」媽媽很焦急的問。

爸爸一副不怕吃苦的樣子，說：「我可以幫人家拉車、蓋房子、鋪馬路、……」。

「南洋？南洋在哪裡？」阿福好奇的問。弟弟、妹妹也圍著大人團團轉，全家高興得好像發現了金礦一般。

「南洋在很遠的地方，要坐很多天的船才能到達。」阿嬤雙眼望著門外，一臉擔憂的說。

爸爸低下身來，摸著阿福的頭說：「爸爸到很遠的地方去工作，就不能天天回家了，你要乖乖聽話，幫忙照顧弟弟和妹妹。」

幾天後，阿福的爸爸就到南洋去了，一起去的還有村裡的幾個伯伯、叔叔。三個月後，全家才收到爸爸從南洋寄回來報平安的信，從此以後，每隔三個月就會收到爸爸寄回來的信，信裡除

了寫些他在南洋工作的情況外，也會附寄一張錢票。阿福的媽媽就會到街上一家兼做僑匯業務的中藥房，把錢領回來。有了爸爸寄回來的錢，生活漸漸的好轉，但是阿嬤、媽媽和阿福，還是很想念在南洋的爸爸，希望他能夠早點回來。

這樣的日子不知不覺過了三年，在南洋工作的爸爸，因為生活起居缺乏人照顧，所以在當地又娶了一個小老婆。小老婆對阿福的爸爸一往情深，雖然知道丈夫在遙遠的金門已有了老婆和孩子，還是願意嫁給他，而且也不會阻止丈夫每隔一段時間，就寄錢回去給家鄉的大老婆。

阿福已經是個十三歲的少年了，他在學校認識的字越來越多，可以給爸爸寫信了。信裡他常常寫一些有關家鄉的事，並且也把全家對爸爸的思念告訴他。一次難得的機會，爸爸的工作有一段較長的時間可以休息，他就很想回金門探望家裡的老小。南洋的小老婆一聽丈夫要回家鄉，心裡就很擔心，害怕他一回去就不再回來了，就跑到廟裡請教仙人。

「有什麼方法讓我的丈夫回家鄉後，能夠很快就回來？」小老婆很誠懇的問廟裡的仙人。

仙人搔頭抓耳想了想，說：「你回去煮一條魚給你丈夫吃，我會幫妳在魚裡下符咒。」

小老婆很著急的說：「我不是要害他，我是希望他能夠趕快回到我身邊而已啊！」

「那樣不會害到你的丈夫，當你想要丈夫回來的時候，只要唸一唸符咒，他就會很快回到妳的身邊。」仙人說。

小老婆回家後，按照仙人的指示，讓丈夫吃了下了符咒的魚後，才讓他回家鄉去。

阿福的爸爸回到家鄉的那一天，正巧是農曆四月初十，全家高興得不得了。一方面因為他離

家太久了，全家人實在太想念他了；另一方面是他正好趕上金門島上一年一度的大慶典——城隍爺遶境的日子。

農曆四月十二日到了，那一天，阿福和弟妹都向學校請了假，跟著阿嬤、爸爸和媽媽，到嫁到後浦的姑姑家作客，爸爸因為已經很多年沒有參加家鄉的慶典活動，所以興奮的表情一直掛在臉上，媽媽也高興得合不攏嘴，跟著姑姑忙進忙出的，幫忙準備拜拜和招待客人的事。

那一天下午，城隍爺遶境巡安的活動開始了，後浦的每戶人家都在門口擺上香案，虔誠的迎接城隍爺。城區外的香客，絡繹不絕的趕來參加這一年一度的盛會。城隍爺遶境的隊伍又長又熱鬧，隊伍的前頭有報馬仔開路，接著遷境紀念旗、了亞大鑼、托燈、馬上吹，還有顏柳督軍和范謝將軍，恩主公和關帝爺、四王爺的輦轎也在隊伍之中，還有很多的鄉老、道士。城隍爺轎後，一大群手持柱香的隨香客，男女老幼都有，大家都一臉虔誠的跟隨著。八家將、跳鼓陣、蜈蚣座、神轎、神輦、……，讓遊行隊伍更具有看頭。隊伍浩浩蕩蕩，綿延好幾公里，觀看的人群把街道擠得水洩不通，可說是萬人空巷，熱鬧非常。

小弟弟指著遊行隊伍中一位白臉、身材高瘦、頭戴高高長帽的神像，驚奇的大叫：「那是誰？好可怕哦！」妹妹也看到了，她抓緊爸爸的衣袖，躲在爸爸的身後，用雙手矇著眼睛不敢看。

爸爸安撫著妹妹：「別怕！別怕！那是七爺，他會保佑我們的。」

阿福仔細看了看，七爺的帽子前方有「一見大吉」的字，右手拿著羽毛作的扇子，左手則拿著火籤，走起路來慢吞吞的，他覺得相當有趣，忍不住就笑了。

「他又是誰？」小弟弟指著七爺旁邊一位黑臉、矮胖身材，頭戴四角方帽的神像問。

媽媽說：「那是八爺，跟七爺是好朋友，他們都是城隍爺的助手，是專門捉拿惡鬼的差役。」

阿福仔細看了看八爺，他的帽子前方有「善惡分明」四個字，右手拿虎牌，左手則拿鎖鍊。走起路來像在跳舞一樣，他一直在七爺身旁跳來跳去，看起來很淘氣的樣子。阿福看得一直笑，妹妹也跟著笑了。

「七爺和八爺怎麼會變成城隍爺的助手？」大弟弟好奇的問。

爸爸正要開口說，阿福卻搶著說：

「我知道……，我知道……，我們老師說過有關於他們的故事。」

「老師說，他們兩人從小就是情同手足的好朋友。有一天相約外出辦事，因為下雨，個子高的七爺回家拿雨傘，矮個子的八爺就在橋下等待。」阿福一邊說，眼睛一邊看著遊行隊伍，弟妹們都很專注的聽著。

「不料雨勢突然變大，造成河水暴漲，等到七爺回來的時候，個子不高的八爺已經被水淹死了，七爺看了十分傷心，也在橋柱上吊自殺。」

「怎麼會那樣？」小弟弟一臉驚訝。

阿福一臉正義凜然的說：「閻王爺受到他們的感動，就命令七爺和八爺協助城隍爺捉拿人間的惡鬼。」

爸爸接著說：「七爺名叫謝必安，大家稱他為『謝將軍』。八爺名叫范無救，所以稱為『范將軍』」

迎城隍的活動結束後，村裡的人知道阿福的爸爸回來了，大家都很高興的請他去作客，順便向他打聽親人在南洋的情形。阿福爸爸把從南洋帶回來的特產，像香料、咖啡、燕窩、……等送給了他們，並且將計畫在家鄉蓋新洋樓的事告訴了大家。

全家團圓的日子才過不久，爸爸又想回南洋去了，阿福的媽媽好不容易盼到丈夫回來了，誰知道才住一個月，丈夫就想去南洋了，媽媽也害怕爸爸再去南洋就不回來，所以也跑去廟裡請教仙人。

仙人掐指算了算，告訴阿福的媽媽說：「你的丈夫被下了符咒。」

阿福的媽媽一聽，心慌了，急忙說：「有沒有辦法破解？」

仙人急中生智，回答說：「你也煮一條魚給你丈夫吃，只是在他吃之前，要記得先把魚的尾巴折斷。」

阿福的媽媽一臉疑惑的問：「把魚的尾巴折斷，那樣就可以破解符咒？」

仙人很篤定的說：「因為魚的尾巴是牠游水掌舵的地方，沒有尾巴就沒辦法掌舵，牠就游不遠，你的丈夫就不會想回南洋去了。」

阿福的媽媽就照著仙人的話，回家煮了一條新鮮的魚，並且在端上桌前，把魚的尾巴先剪斷。阿福的爸爸吃了魚之後，三天後還是回南洋去了。不過他答應全家人，等湊齊了蓋新洋樓的

錢，他很快就會回來的。

為了趕快把家鄉的新洋樓蓋好，阿福的爸爸回到南洋後，更加的努力工作。一年後，家鄉的新洋樓終於蓋好了，他也回到金門了，從此全家就過著團聚幸福的日子。

演變到現在，金門的酒席上，一般都是十至十二道菜，出菜有一定的順序，大致上是「一盤一碗」交叉出菜，例如：第一道菜「冷盤」，第二道菜「燕菜」，第三道菜「對菜」，第四道菜「全雞」，第五道菜「鹹點心」，第六道菜「甜飯」，第七道菜「全魚」，第八道菜「豬腳鮑魚湯」，第九道菜「對菜」，第十道菜「蹄膀配胡椒包」，第十一道菜「魚丸湯」，第十二道菜「禮餅配甜湯」。不論是出多少道菜，一定會有雞和魚，面對魚尾的人，就要先喝酒敬大家，把魚尾巴剪掉後，大家才會開始吃那道魚。

輯四

浮光掠心影

三盤蚵仔煎

談起金門的特產，除了讓人愛之欲仙、恨之欲死的高粱酒外，金門的海蚵應是臺灣人讚不絕口中的翹楚。顆粒小，肉實味甘，除了改不了膽固醇偏高的宿命外，它的確是令人百吃不厭的金門特產之一。每逢賣蚵的阿嫂向我推銷時，不忘叮嚀的總是一句：「石頭蚵哦！」末了再補一句：「現剝哦！」明白的告訴你，吃海蚵要選擇石頭蚵，而且是現剝新鮮的。

從小生長在這個蕞爾小島金門的我，過去印象中，只有每年值臘月過年，才可見從外村挑海蚵的阿嫂來到村中叫賣，她的叫賣聲，像繞樑的女高音，聲聲高亢悠遠，迴盪在村中的每一條暗巷細弄。聽得門外聲聲催喚，但老媽常是忙得無暇出門細探。偶從窗外冒進一句：「要買蚵？」老媽才放下手邊忙碌的工作，鑽身而出，藉著冬日暖暖陽光下，兩個女人，就這樣論斤計兩的討價還價起來。最後在一半躊躇一半肯的戲作之下，老媽手持盛蚵的濾篩，老神在在的靜等蚵水滴盡，時間彷彿是一只古老的鐘停歇不前。賣蚵的阿嫂一臉焦躁不安，彷彿從濾篩溜走的是白花花的銀鈔，兩人伸手奪篩的戰爭，總在一觸即發的引爆前偃旗息鼓。花一百元即可買上三斤的海蚵，炸海蚵酥、煎蚵仔煎、燴海蚵豆干芹菜、……，為寒冬圍爐的餐桌上，增添了無數變化的菜色。

如今，一年到頭都看得到賣海蚵阿嫂的身影，稀貴之時，一斤上百元是有的；盛產之時，一斤六、七十元，比之過去雖有著「鹹魚翻身」之態，但仍常成為我赴台送友的伴手禮，裝在不透氣的塑膠罐裡，看似粗俗不雅，但經濟實惠，重點在受禮者莫不額手稱好，全家皆能享受一餐海蚵美食，比之一樣提著沈甸甸的高粱酒，只得嗜酒者喜好，可謂甘霖普沾。

「千江之水，只取一瓢飲」，既屬意鍾情於金門的海蚵，再到臺灣吃蚵仔煎，應該是執著於人性的一種僥倖心態吧！有些事理，看似已千古當然，如鐵律般的深鑄人們心中，但心靈深處，喜歡給自己找一個藉口，望著理字成欄的窗口外，一個想溜出去晃晃的慾望，總想攫獲些不當然的道理回來說服自己。就像周遭的簡單事物一般，眾人雖已視為斬釘截鐵無可挽回的結局，但總得親自試試，做最後一個下

結論的人。

「這盤蚵仔煎，或許跟以前吃的是不同的風景」。就這樣的想法，在信義商區的百貨公司地下飲食街，我點了一客蚵仔煎，好整以暇等著女兒前來齊坐共餐。一會兒，二小姐端來了她精挑細選的餐食--蚵仔煎，一股煙硝的火藥味正在我的心中醞釀著……，不消片刻，大小姐也端來了她絞盡腦汁精選的餐食--蚵仔煎。三盤同一櫃台、同一款式的蚵仔煎，就像剛從同一個鍋爐出爐的產品，整齊的排列在我的眼前，我只覺得眼前一黑，一陣昏天黑地的暈眩向我襲漫而來，讓我一句話都說不出來……。

孩子不喜歡吃海蚵，即使頗受好評的金門海蚵也不例外，他們對視之如鼻屎的海蚵，有如鬼神般敬而遠之，即使我常鼓著三寸不爛之舌，為金門的海蚵寫下了金鑄的保證卡，但孩子仍是聽之如耳邊之風，過而不聞，所以咱們家的餐桌上，是難見海蚵身影的。如今在人潮洶湧的熱鬧商區，有多樣選擇的美食街上，可以挑肥揀瘦之下，她們點的竟是與之拒為往來戶的蚵仔煎，想來理由只有一個，點餐純是為了應付，點蚵仔煎更不是為了滿足口腹之慾，畏縮與懦弱的心態，讓她們棄了挑戰未來的械甲，看在一個為娘的眼中，「望子成龍，望女成鳳」成了眼前煙花，落空的奢夢，心中之頹喪失望不言而喻。

「一種米養百樣人」，若用同一把尺就能量盡天底下的芸芸眾生，那這如萬花筒般的大千世界，就顯得單調乏味了，人生之有趣，豈不就在對未來的挑戰性？但用父母的角度，為孩子鋪陳一條未來的路，是每個為人父母常陷入的迷思。把孩子鎖在自己的眼皮下，深怕孩子脫離自己

的視線，一個唐突，爬上了懸崖，登上了峭壁，最後走上了邪魔妖道，弄得一事無成、身敗名裂收場。多少痴心父母，一生甘為孺子奴，望兒長大，等兒成家，候兒生孫，盼兒功成名就、名顯祖先，……，一條迢迢等候之途，走得顛簸坎坷、無止無盡，直至兩腿一伸，嚥了世間最後一口氣，心頭千年之憂方休，可憐天下父母心啊！

「三盤蚵仔煎」，讓我看到了為人父母對兒女的牽腸掛肚，也看到了為人父母對兒女的殷殷期望，既要孩子是長於溫室中的小花，備受呵護愛憐照顧，不受外界風雨的摧殘，走的是一條順遂的人生之路。又要孩子是駛出港灣的大船，有挑戰驚濤駭浪的勇氣與魄力。真是為難父母，難為父母啊！

——原載民國一〇〇年三月廿二日《金門日報》副刊

一個半

陽光終於露臉，滿天燦爛，忙碌了幾個週休二日，今天終於有了仰頭望天，想出去走走的衝動。你說我們的心電感應越來強烈，我未去之前，你就有了今天我會去訪的心靈感應。那語氣是溫軟與篤定的，我笑了。有人說，不要把笑當成堅強的保護色，曾幾何時，笑卻變成了我應付人事的面具？但唯有對你是例外。「笑」的意境實在太玄妙高深了，有形有聲的文字和言語，都不能完全形諸一個人的意念與想法，何況是無聲的微笑？但當對人生感到無奈之時，或當文字與言語都是累贅之時，除了微笑，還有什麼能比它更具有詮釋的力量？

生活如工作的我，甚至連三餐吃飯，也當成只是填滿一個胃的工作而已，如此乏味的日子，每隔一段時間，總會不期而然的驚覺到生活步調的走味，找你促膝長談是我滋潤心靈的唯一途徑。常冀望自己能有如你一般的靈修境界，做一個全然真誠的自己。你說寒暑人生，不論是快樂抑是痛苦，都是人生的功課，快樂固然幸福，但更要記取當下的痛苦，從痛中去思覺。你說人的痛苦根源在自己，萬事萬物皆是自己內心的反射。世人總將怨恨寄予他人，其實追問他人為何負意於己，莫如反求諸己，追問自己在痛什麼更具效力。你說人生各種角色都需嘗試扮演，才不枉

這麼走一遭，但在汲汲營營的名利追求之途，記得要給自己心靈留一點時間與角落，在前企後望之間，問問自己想要什麼？每一句諍言，都如醍醐灌頂，總在我失意與頹喪之際，引導我走出情緒的低谷。

帶著三個孩子，我們來到陽光耀眼的海邊，熱情的海風挾著些許寒意，把我們的長髮吹亂，海浪拍打著防波堤，發出一陣一陣有節奏的浪聲，彷彿遠天傳來的鼓聲，沒有一絲的錯亂與失序。遠方的小島，佇立在朦朧大海的另一隅，恍如另一個遙不可及的世界，偶見一艘孤船緩緩駛過，猶如孤寂人影，踽踽獨行於茫茫的人生大海。孩子在岸邊又叫又跳，我們也學森林中的猿人泰山，大聲的叫喊、歌唱，有著把愁緒鬱悶傾瀉而空的意圖。累了，我們席地就坐，你說你把每一天都當是生命中的最後一天來過，因為不知道還有沒有明天，因此每一天都是豐盈踏實的。我說人生很多無奈，事事永遠無法圓滿，一個人孤單，兩個人易生齟齬，不知道有沒有一個半的人？你笑著說，一個半的人是有缺陷的，人生注定要在遺憾中度過。

「意外與明天哪一個先到？」我們相視而笑，因為我們雖然都有著「不知有沒有明天？」的先覺，但也都有著「月底要赴台」、「等待孩子長大」、「……」的企圖野心。人生雖常在喘息的夾縫中苟延殘喘，但卻也常冀望無數個明天一一的到來，等待每一個夢想的實現，而且視太陽每天東升西落為理所當然。如此前後矛盾的想法，綴成一個悲歡無常的人生。

你說人生若走至盡頭，你願放棄所有的急救，因為活著已無意義。我說生命的意義，因時空的更迭，隨時都在改變。身強體壯之時，有雲遊四海，攀峰越嶺的雄心壯志；生命走至將

竭，即使氣若游絲，躺在床上動彈不得，活著的意義，或許只要看到心愛的人佇立床前，生命就有了意義。

你說世界上只有自己是生命的主宰，自己的路要怎樣走，不容他人來決定，那聲調有著凌霸的氣勢。我說人生是無奈的，有些時候是容不得自己作主的，即使作得了主，也挺不住周遭風風雨雨的飄搖。你說趁著自己能夠自主的時候，做好身後的規畫與準備，屆時才能按照自己所願，尊嚴的走完一生。我說當自己不能作主之時，不論是所願或非願，一切的決定都已無意義。你說若是非自己所願，至少有法律的效力可捍衛，我說當生命是空無之時，即使法律制裁了非法，但對已無意識的自己，又有何意義呢？

你說就如婚姻，很多人把它歸於法律的轄區，成了一紙契約買賣，其實婚姻應是兩人心願的契合，不是因法律存在而虛應湊合著。我說法律能轄管的只是那一群循規守份的人，至於遊走邊緣或目空一切的人，法律是什麼？你對生命充滿熱力，有著清楚的覺知，我則是漫無目標的遊魂，「隨遇而安」成了我應付人生無常的慣用伎倆。

如果要問生命是什麼？我想答案就在天馬行空裡，它即使如縣運會開幕那一夜，黑絲絨天空上千盞萬朵絢爛的煙火，光彩亮麗奪目，震懾吸住了全場的目光，但最後終要歸於寂靜。不論是一個人、兩個人或是一個半，人生總要走得瀟灑脫俗、不卑不亢、昂首闊步……。

——原載民國一〇〇年一月十四日《金門日報》副刊

既期待又怕受傷害

正準備出門，意外的接到了一張郵件通知單，天啊！它來得如此突然，來得如此令人錯愕。雖然是聖誕的季節，但……，是聖誕老公公送來遲到的聖誕禮物？或是天外飛來的橫禍？真是個讓人既期待又怕受傷害！

那是一件現在說來很好笑，在當時卻讓人笑不出來的事。一天下班後，突然接到一張掛號郵件通知單，這對白天鬧空城的咱們家而言，綠衣天使找不到人簽收掛號郵件，這是件再尋常不過的事了。每一次接到通知單，總是讓人接得心知肚明，可能是前幾天購買的一批新書；也可能是台灣的小叔，又奉婆婆之命寄來了什麼可吃、可用的東西；更可能是……。只有這回來得如此突然，讓人感到莫名其妙起來，丈二金鋼摸不著頭腦。聖誕時節，滿腦聖誕老公公的兒子，一旁歪脖興奮的瞎猜：「是聖誕老公公寄來的禮物！」我則像偵探柯南，搜遍通知單上的每一個黑字，竟尋不出一點蛛絲馬跡，就像一團雜無頭緒的亂麻中，尋不到源頭一般。

抱著興奮的心情，興沖沖的趕往郵局洽領，櫃檯小姐給我的是一封雙掛號郵件。一顆緊張興奮的心，此時更有如飽滿的皮球被猛拍著，我的雙手不禁顫抖起來了。如此慎重的郵件，一定

非比尋常，可能是中獎單位寄來的獎金！可能是報社寄來的稿費！可能是……。我急著把這個好消息帶回家與家人分享，當場拿了郵件，就興高采烈的直奔回家。在家等候多時的兒子，迫不及等的從我手中搶走了郵件，當場拆開來，這時一張照片滑落到地板，女兒拾起一看，好奇的說：「咦！是一張汽車的照片耶！」「這部汽車好面熟哦！」「是媽媽的車子耶！」一臉醬糊的我愣在一旁，正納悶車子怎麼會被拍成照片，兒子說話了：「這是什麼單子？罰款六百元……」「哦！媽媽被開罰單了！」

那是當了神氣開車族後，接到的第一張罰單。理由很簡單，紅燈前停車，前輪超過白線，犯罪的鐵證如山，不但被拍成了照片，罰款六百元，還戲弄自己一場。如今回想起來，還真是件讓人啼笑皆非的糗事。

時間久了，那件糗事漸漸被淡忘。一天中午，從廚房忙得焦頭爛額出來，看著滿桌烹調的美味佳餚，正感欣喜之時，外面傳來郵差「掛號」的聲音。我雙手在圍巾上搓了搓，喜孜孜的拿了印章就往外衝，從郵差手中接下一封掛號信件，迫不及待打開，信未看完，整個人就癱坐在沙發椅上，一顆心彷彿從九霄雲外，瞬間跌入無底的深淵一般。望著滿桌珍饈佳餚，原本飢腸轆轆的肚子，瞬間食慾全消。是賣屋地主，寄來了限期繳款的存證信函，信中說明如不限期繳款，辦理交屋手續，前幾期所繳的屋款將全數被沒收。天啊！這簡直是趕鴨子上架嘛！如果知道自己花了天價，買的竟是漏水加偷工又減料的麻煩屋，我想沒有一個人願意辦交屋手續了。

兩件令人受傷的郵件回憶，就像關不住的籠中鳥，總是三不五時的將頭伸出籠外一探究竟。

尤其是看到郵差挨家挨戶揪門鈴喊掛號的身影，更有如在傷口上撒鹽，總讓我不自主的發出一聲聲的苦笑。

而今這張掛號通知單，就如在寂靜已久的死海裡，投下了一顆小石子，掀起一圈圈的漣漪……，是福？是禍？真個令人既期待又怕受傷害！

——原載民國九十三年二月二日《金門日報》副刊

鎖不住的回憶

房間裡的櫥櫃，少說也有十幾個抽屜，每個抽屜都有用途。除了裝一些不需懸掛，可摺疊的貼身衣物外，還有置放雜物用的。有出國旅遊買回來的紀念品，也有最近看過卻捨不得送人的海報，更不必說是文具和卡紙了，琳瑯滿目，令人目不暇給。參觀過的人總要咋舌半晌，才能回過神。其中一個抽屜，裝的東西挺特別的。

滿滿一櫃子，學生送我的卡片。各式各樣的卡片，有生日卡，有賀年卡，也有聖誕卡，更有畢業後寫給老師的信。不管是誰送的，也不論卡片是購買的，或是他親手製作的，我一律收藏著，滿滿一袋，少說也有百來封之多。時間最久的應該已有廿年，最近的幾張則是幾天前，孩子送的生日卡片。每一張卡片都有一個故事。

初入教育界，被分發到小金門任教，一教就是三年。第一次帶三年級的學生，學生人數不少，陸陸續續轉來，升到四年級，四十八個孩子，課桌椅把教室擠得水洩不通。初執教鞭，滿腔的教育熱誠，還有用不盡的精力，一個班級水乳交融，師生打成一片，我視他們如弟妹，掏心掏肺的全給了他們。

每天放學，單身住校，把學習較遲緩的孩子留下來，陪他們背書或做功課。怕他們肚子餓，買剛出爐的麵包給他們當點心。天色昏暗時，才向同事借機車，一一護送他們回家。遇到他們表現可圈可點，把珍藏的紀念品當彩品，舉辦個摸彩活動，讓他們個個笑歪了嘴。

孩子回報我的也令我窩心。最深刻的一次，請了兩週婚假，再回學校上課，當我推開半掩的教室門，剎那間，一道彩屑從頂上飄落而下，全班高聲齊喊「歡迎老師回來」。我環視整個教室，張燈結綵，佈置得有如同樂會，孩子們笑顏逐開，個個湧上與我相擁，原來他們期盼我回來已久。一顆心被撼動得久久不能自己，經過這麼多年後，仍然記憶深深。

三年聘約期滿，我不聲不響的調回大金門，孩子們也沒有告訴我什麼。走得自在瀟灑，衣袖揮揮，不準備帶走任何一片雲彩。那一年聖誕節，我收到三十六張聖誕卡片，有一個人寄的，也有三兩個孩子一起寫的，每一張卡片，都裝滿了對老師的思念和祝福。我一封一封拆著，一張一張讀著，也一聲一聲追悔著，淚水隨著哽咽的聲音，不知不覺爬滿了我的雙頰。原來在他們童稚的笑容裡，藏著多愁善感的情懷，在我毅然決然揮揮衣袖時，帶走的不只是片片雲彩，還有載不動的離別情愁啊！

廿年了，孩子們都已長大，有的在警界任職不小的官階，也有已車禍喪生。多年來，師生未曾再聯絡，但他們幼時的長相，卻銘印在我的腦海裡。一個夏夜裡，我獨自在金城車站附近街道走著。隱約聽到後面有人叫老師，回頭一看，兩個同騎機車的年輕人。一看，陌生的臉孔，心想應該是叫別人吧！繼續走我的路，才走三兩步，年輕人又追上叫老師。我定睛仔細一瞧，哦！原

來是曾教過的學生，只因他們的相貌改變太多，差點讓我錯失了與他們相逢的機緣。

整理房間和抽屜是已久的習慣，每回整理抽屜，總是不經意的對那個裝滿孩子回憶的抽屜，多看幾眼，甚至抽出幾封回味著。彷彿又回到二十年前一般，孩子在校園裡追逐嬉戲，他們童稚的笑顏，以及他們上課專注的眼神，認真誠懇的臉龐，……，一一如畫般在眼前翻閱著。闔上了抽屜，鎖不住的回憶，仍隨著思緒在空氣中飄盪，久久不散……。

——原載民國九十五年三月十三日《金門日報》副刊

旅遊談公廁

年歲增長，深嘆馬齒徒長，明瞭人世無常，更懂得把握當下的哲理。在有錢的經濟後盾下，只要偷得有閒的工夫，馬上不作他想——打包行李，放鬆心情雲遊四海去！

近年來，四處旅遊，為封閉的心靈與孤陋的見聞，無異開啟了一扇諾大的窗。就拿各處所見的公共廁所來說，就讓我屢屢稱奇。原本是吃喝拉撒的生活小事，放眼天下後，才知是各地迥異的大事。

歐元迭迭上揚，導遊一路叮嚀我們，切記「吃歐元，住歐元，睡歐元」代價之高，可要認真的玩、看、聽，殊不知「尿歐元」也是重頭戲啊！如廁一次，索價歐元五毛（折合新臺幣二十幾元），我想要再尋得如此貴的如廁費，世上應該是少有吧！為了這可觀的額外支出，一次，團友覓得一處投幣式公廁，在能省則省與明偷暗盜雙重心態下，一、二十個團友，只花了五毛錢，就完成了一趟如廁大事。要怪就怪生活在免費國度的我們，誰會為一次幾分鐘的如廁小事，慷慨施捨廿幾元呢？好友常調侃我，出國遊玩一趟，我總是比她們省卻不少的團費，因為出遊除了足夠的體力外，更要與膀胱無力的病灶保持距離啊！

歐洲公廁雖然需要付費，但因為有人管理，衛生還算差強人意，沒給我太惡劣的印象。大陸內地的很多公廁，就令人不敢恭維了。未近廁所，就聞到陣陣惡臭撲鼻而來，進門前，掌廁人一手伸得老長，索錢如叫花子。進得廁所，有個門板擋著還算如意，常見肥臀四露，那種窘態，實在不堪入目。想到花了錢，雖然只是區區人民幣五毛，竟還得受如此委屈，讓人打從心底叫冤。彷彿他們幹的盡是收錢之事，但廁所的衛生維護與他們是八竿子打不著的。

大陸的公廁，也不盡然皆為人所垢病。廈門的國際機場，水準倒比我們國內更為先進。一按扭，座墊上的塑膠套膜就會自動迴轉更新，讓如廁者能放心的坐下。洗手水龍頭更是自動感應，不

作者自攝

必勞駕雙手去操作開關，洗完手後，「捧」的步驟也可免了。

這回上九寨溝，見識到「綠色環保廁所」，馬桶裡套著綠色塑膠袋，如廁完後，無需動手沖水，塑膠袋就會自動下沈一截更新，既省了水，又不聞惡臭，真可謂廁所的一項創新。如廁完後，按規矩都得洗手，洗手臺上溼答答的，是每個管理員的噩夢，瞧他們又擦又抹的，一副任勞任怨的委屈狀，再想到他們每天在裡頭悶臭的模樣，讓人不覺都要生起一股憐憫之心。廁所是否有異味，關乎清掃廁所者的勤勞與否。九寨溝下得山來，至成都一家叫「欽善齋」餐廳用藥膳餐，就讓我見識到管理員的勤勞。未進門，她已打開大門恭候您的到來，如廁完，洗完手，她備好擦手紙，在一旁等候你取用，連丟擦紙的垃圾桶也已為你踏開，等著你不偏不倚的投紙入桶，服務之週到，實在讓人感到敬佩。她管理的廁所，乾爽無比外，沒有一般廁所發出的異味，那是可以想像得到的。

廁所雖然都是讓人「出恭」的地方，其內部的格式與設備，卻未盡相同。有時還得摸索幾秒，甚至更久時間，才知其沖水、洗手的門竅。遇到外面大排長龍，那種緊張的窘狀，就讓人印象深刻了。在國內，包括大陸，如廁的秩序，常是每個毛坑間都有人在等候，所以裡頭如廁的人，邊解褲，邊瞧著門下縫隙那雙躁急不安的鞋子，上得可是心驚膽顫，深怕一個延遲，外面等候的人就要跳腳與一陣惡語臭罵。若唱的是較費時的「二重唱」，緊張不安的窘狀，更是可以想像。在國外如廁的秩序，就讓人比較容易接受，大家排隊在廁所入口處，哪間毛坑有人出來了，排隊者一個一個遞進，如此人性化的如廁秩序，實在是我們國內應該效法學習的。

澳洲雪梨歌劇院舉世聞名，除了劇院內的座椅價值不菲，廁所更讓人耳目一新。白色流線型一體成型的洗手臺，一改一窟窿一窟窿的刻板模式，讓人還以為是件精工雕琢的藝術品呢！廁所除了具備讓人排洩舒坦的功用，保持乾爽衛生，讓人不要有掩鼻而逃的慾望外，如果能夠再輔以藝術的設計，我想每天與我們息息相關的如廁小事，就會成為生活中享受的一件大事。

——原載民國九十六年八月十八日《金門日報》副刊

第一次到監獄

「啥！到監獄？」在辦公廳把這個訊息告訴同事時，馬上引起一陣騷動。有人問：「去探問親友？」我不假思索，直接回應：「咱們祖宗八代循規蹈矩，雖無人位居高位，但向來安份守己，一不貪、二不瀆，怎會有親友淪落至監獄？」聽罷我的一番搶白，一時笑聲四起，大家對這個話題皆感到興奮不已。

第一次？凡事皆有第一次，因為是第一次，所以給人的印象特別深刻。第一次進警察局，為了一輛遺失的腳踏車；第一次開車上路，遇到一整列跑步的阿兵哥，老爺幫我把手煞車拉起，才免去一場災難；母親節前夕，第一次進監獄慰勞受刑人，第一次總是那麼令人難忘。

為了巡迴各地演唱，每週二次練唱，把平時忙得像無頭蒼蠅的我，壓得快喘不過氣來。想到五音不全、荒腔走板的嗓子，若再不加緊練習，到時可要成了害群之馬，只好強咬著牙根，練唱準時報到，雖屬濫竽充數之輩，但求盡力而為。

演唱的日子，就在母親節前週五下午，原以為到了那裡，再著裝出場，誰知監獄沒有公共廁所，廁所設在每間牢房裡。為了應付這麼特殊的情況，上台服裝是在車內套上的，塗紅抹白畫黑

的臉，也是在車內完成的，這能不令人印象深刻嗎？

在監獄門口集合，才一起進得門禁深嚴的大門。一進前院，發現高牆聳立，與世隔絕的感覺油然而生。進內院，隨身攜帶的物品，皆要置放儲物櫃內，不可攜帶入內，向來循規蹈矩慣了，這回為了一串車子鑰匙，竟大傷腦筋。事前準備的相機、手機，早就在聞到風聲後，置於車內，不敢取出。靈機一動，套上的舞台裝內，不是還穿著一件有口袋的七分褲嗎？鑰匙終於找到安身之處。不過事後才知，自己的小心是多餘的，還是有部分團友把相機、歌譜帶進去呢！但悔之已太遲了。

進得演藝大廳，發現整齊的靠背椅上，早就坐了井然有序的受刑人，仔細數數，男的約五十人上下，女的只有四人，通篇一律藍色長褲、青灰色短襯衫，腳著藍白夾腳軟拖鞋，男生清一色小平頭，女生的頭髮有長有短，就是不見捲髮，想來這也屬正常，哪有人坐監，還可以上美髮院燙髮的？

團員輪番上台，有時合唱，有時獨唱，也有雙重唱，每個節目都是平時揮汗苦練的成果。瞄一眼臺下那群特殊的觀眾，有的如醉如痴，大有被真摯呼喊的歌聲所動；有的雙手環抱於胸，恍若泰山崩於前也不為所動。鼓掌的有之，冷漠回應的也有之。節目未開始，每個臨窗都站了刑警，他們背內面窗，眼睛盯著窗外，就像幾盞探照燈一樣，不時窺探著窗外的動靜。其實所有的門窗，都裝置了鐵門鐵窗，就連高聳的圍牆上，也加裝了圈圈的鐵絲網，可說得上是防守最森嚴，鐵門窗使用頻率最高的地方了。

對監獄的了解，多半得自人云亦云，以訛傳訛。第一次對監獄有較深的認識，是讀大學夜間部，白天在新生南路的海關總署工讀，同一辦公室，一位讀東吳的黃姓女同事，個兒長得嬌小玲瓏，腦後一束馬尾，滿臉茂盛的青春痘，就像日夜長不歇的豆芽。一天中午，大家正在辦公室扒著便當，來了兩個警察，循規蹈矩的我們，瞥了警察一眼，就繼續扒我們的飯。警察走後，大家才發現黃姓工讀生，躲在桌子底下，一時大家笑鬧成一團，調侃她膽小如鼠？是不是做了什麼虧心事，要不然為什麼連警察也怕。過沒幾天，警察再來突襲，她就被拷走了。從同事口中輾轉得知，老爸用她的名字開了空頭支票，讓她身陷囹圄之中。心思單純的我，第一次對受刑人，有了強烈的憐憫之心，原來關在裡面的人，並非都是罪大惡極，他們有些是被陷害的。

事過幾天，一群工讀生同事，大家相約到土城看守所去探望她。每個人隔著玻璃窗，擒著電話聽筒跟她說話，情節就如電影中演的一樣。第一次到看守所，但仍不算進去過。這回，有幸深入監獄內，為受刑人演唱，應該屬近距離的接觸，給人的感觸特別深刻。

歌一首一首的唱，我的眼睛，不時覷著臺下那群特別安份的觀眾，不禁想到演唱會結束後，我們這群不速之客，又將離開這兒，購物的購物，跟朋友約會的約會去，回家弄晚餐的弄晚餐去，就連急著回學校改作業的我，都覺得能夠工作是一件幸福的事，而他們呢？什麼時候才能做自己想做的事呢？我的心中不覺對他們起一股憐憫之情。

——原載民國九十六年六月十七日《金門日報》副刊

種花偶感

記不得什麼時候開始對花草感興趣的。住在榜林舊家，大門外就是不小的庭院，院子之大，可以停放兩輛摩托車，晾曬全家衣服、棉被，還有足夠的空間種些花花草草。老爺買了二、三十個花盆，種了各式各樣的花草。有寒冬年節，一排盛開的聖誕紅，也有一年常青的綠栽，如虎尾蘭、蘆薈、烏榕，更少不了他上課要用的教學植物，像落地生根之類的。有些花木我叫得出名字，有些總是停留在圖像的階段。

對滿園花草，我常是視若無睹的。總覺得橫枝雜陳，未若一牆之隔種的漂亮雅緻，他們還有開得艷紅而稀珍的蝴蝶蘭呢！種的既然都是些不入眼的雜花雜草，提不起勁去照顧，就成了冠冕堂皇的藉口。

搬到了城區新家，美其名有了前院，也有了後院，但前後院加起來，竟然不到舊家庭院的十分之一。前院午後陽光充足，理所當然成了晾曬衣物的地方，加上擺放洗衣機，幾乎已無轉身的餘地，更甭想要種花種草了。望著廚房後門不及一尺寬、十尺長的後院，我興起了種花的念頭。初始，老爺持反對意見，他認為採光罩下設計的橫槓，是用來曬衣物的，怎麼可以因為種花，而忽略了當初設計的

美意呢？加上花盆有重量，萬一壓垮了鐵架，那將是得不償失的一件事。但做事一向很固執的我，仍然開始了拈花惹草的計畫與行動。

對種花的常識一無所知，買了花盆，就想去拿些較肥沃的土來填盆吧！利用假日，興沖沖的開車到學校附近的農田，將土一鏟一鏟裝進塑膠袋裡，深怕被人撞見當小偷，盡挑田壟邊的土挖。還是被人瞧見了，他站在遠處，對著我連吼好幾聲，我連聲對不起，落荒逃回車上，就像做錯事的小學生一般。後來做家庭訪問，才發現那個對我吼叫的人，竟然是班上學生的家長，只是那秘密一直深藏在我心底。

自己種花外，我也喜歡到花店購買盛開的盆栽回來照顧，尤其是過年時節，香水百合、聖誕紅、鬱金香、菊花、……等等，當然也少不了掛滿小桔子的應景盆栽。我常把它們擺放在樓梯顯眼處，讓人一進門就可以看到

它。但好花不常開，開花期一過，只好再把它搬到後院去養精蓄銳，期待來年可以再重現風華。

後院十幾個花盆，如今全是失了色彩的盆栽，像失了爹疼娘愛的孤兒，孤寂的在後院熬著。推究其原因，可能是我把澆水的工作，交付給「兩天捕魚，三天曬網」的女兒做，當她們想起要澆花時，那已是花兒口渴難耐、奄奄一息之時。要不就是後院的陽光不足，花兒接受日照的時間太短。再不然就是種花常識一無所知的我，不曾為它們施肥所致。有了檢討反思後，利用假日，特地到花店購買了一大袋的培養土，花了一個上午為它們換土。那晚還為了廢土的處理問題，和老爺發生了一場不小的家庭糾紛。為了做好拈花惹草的工作，我付出的心血，可說是不計其數的。

有人說老師就像學校的園丁，只要肯辛勤教學，孩子的成就必可拭目以待。殊不知種花的學問豈只是「辛勤」兩字？作育英才又豈只是「辛勤教學」四字？每個孩子皆有其獨特的家庭背景，正如培育花兒的泥土；每個孩子皆有其唯一的人格，正如花兒的適種季節；每個孩子皆有其不同的需求，正如花兒適合的生長環境。

「因材施教」是當今教育喊得價響的口號，但有誰知道學校的園丁並不是三頭六臂的全人？也有捉襟見肘的時候，應付了這個，忽略了那個；注意了這回，顧不了下回。疲於奔命的老師，需要的是家長的肯定與支持，辛勤兩字在教學上才有意義。否則到頭來落得滿園荒蕪，損失的又豈只是黯然失色的花兒？

——原載民國九十五年五月十六日《金門日報》副刊

吵架的藝術

小朋友吵架是常有的事。一次扮了「鐵面包黑子」，審理一件誰先打誰的「班暴」事件之後，語重心長的告訴小朋友：吵架是一門學問，更是一種藝術，是需要學習的。小朋友個個杏眼圓睜，用懷疑的眼神瞪著我看，宛如我同意吵架是一種正當娛樂，就像打籃球一樣的健康。從他們的表情，也為自己的驚人之語感到咋舌，因為我是最不擅於吵架的，吵架這門功課總是修不及格。

小時和同伴吵架，老媽總是說：「小孩子吵架，狗咬狗——一嘴毛」，我和同伴吵架的大事，老媽都以小事、無事處理。長大後，當了學生的老師，也做了孩子的娘，方知大字未識一個的老媽，也有睿智的一面。小孩今天吵架，明天和好，一點都不稀奇。介入小孩吵架的大人，只有使事件變得更複雜而已。常發生大人為小孩吵架糾纏不清時，兩個闖禍的主角，早就在一旁玩起手勾手、扮家家酒的遊戲了。

小時不常與同伴吵架。最深刻的一次吵架，應該是小學六年級的那個暑假，三、五個女同學看不順眼對方，就這樣打起冷戰來。雙方各組幫派卯了起來，互不講話。這種情況若發生在上課

期間，沒三兩天的工夫，大家就會言歸於好。湊巧放了長長的暑假，加上兩派人馬又不同村，敵對情勢就一直延燒到國中一年級。一天，同黨跑來問我：「×××！我可以和她說話嗎？我們導師叫我和她握握手，我不知道該怎麼辦？」當時我竟不假思索，馬上斬釘斷鐵的回答：「妳若和她說話，我們就不跟妳好。」這就是小孩子吵架的模式。

長大後，吵架就不再那麼單純了。大人一吵起架，臉紅脖子粗，雙方宛如豎羽相鬥的公雞，比誰的聲音大，誰的牙伶齒俐，聲勢大的好像佔了上風，聲小語拙的居於弱勢，可能噤若寒蟬，不發一語，任憑對方嘶吼。輸贏就這樣決定了嗎？殊不知用最原始的吵架模式，是無法吵出結果來的，事情不但未獲解決，雙方因此結下的心結，可能一輩子之久。如此的吵架結果，應該用「兩敗俱傷」來形容較為妥當。

若說吵架是門功課，用原始方式吵架的人，是修不及格的。曾看過一部西片「鐵腕校長」，敘述一位校長被分派到一所糟透頂的學校，學生販毒、打架、欺侮弱小、……，就讀該校的學生，每天擔驚受怕，簡直毫無安全感可言，更甭提學習成效了。新校長來了，他展開魄力整頓學校，最後學校景象煥然一新。片子闡述的重點，應是校長的行政魄力，但讓我留下深刻印象的，卻是其中兩人吵架的情節。兩個辦學理念不同的人，為了堅持自己的立場，他們激烈的爭辯，宛如掄拳出掌，已箭在弦上。看戲的我，情緒也隨著他們高漲起來。他們吵完後，竟出乎我意料之外，其中一個拍拍另一個的肩膀說：「走！一道吃飯去！」就像剛才什麼都沒發生一般，真是太神了，也太令人不敢置信了。我想這應該是吵架藝術的最佳典範吧！

人與人相處、共事，難免會有意見相左之時。但要知道意見不同，溝通的重點在於事，而不在於人。吵架學分不及格的人，常是除了吵事外，連人也吵了進去。吵架若能掌握就事論事的原則，雙方不同意見因溝通而獲得一致，兩人的關係應該更為親密才對，而不是形同陌路。下回若跟人吵完架，還能拍拍對方的肩膀說：「走！一道喝茶去！」我想你的吵架學分就及格了！

——原載民國九十二年七月十六日《金門日報》副刊

愛他還是害他？

時序漸入冬，氣溫雖是一天天的緩降，但屋外一陣陣呼嘯而過的北風，尤其是入夜後，在四周沈寂的安靜裡，更顯得狂暴淒厲。人躺在舒適的被窩裡，心想著後院陽台上，那幾盆盆栽，是否消受得了今晚狂風的吹打？但一身的慵懶和倦怠，卻讓人難以披衣而起，只好擔憂至天明，惦念著明早應該為它們覓得一處可遮風避雨的好地方。

〈蘭花草〉是這樣唱的：「我從山中來，帶得蘭花草……朝朝頻顧惜，夜夜不相忘……一日看三回，看得花時過，苞也無一個……」道盡了種花主人對花兒的呵護照顧，但結局卻是令人大失所望。這就像天下父母一般，望子成龍、望女成鳳的心態。每個孩子都是父母的心頭肉，尤其是現今少子化的家庭，「孝子」是當今父母最常聊以自嘲的甜蜜負擔，殊不知如此的付出，生長在溫室中的孩子，缺少了狂風驟雨的吹襲磨練，到頭來是否也會像備受照顧的蘭花般，「苞也無一個」？這實在是值得當今父母深思的話題。

怕孩子吃苦，是很多為人父母看不見的盲點。每天早上，常見孩子在校門口一邊嬉鬧著，一邊東張西望的踱著方步，不必探問也知道，他正在等待家裡的「限時專送」，為他送來今早忘記

帶的家課、課本或文具。孩子有時疏忽，那是人之常情，但怕孩子被老師處罰的家長，卻成了孩子可以疏忽的最好藉口。更有一次，一位家長匆匆趕到教室，為的是在孩子的考卷上簽個名，問他何必如此大費周章，他回答得妙：「我是順路經過的。」令人聽了，橫生感慨萬千。

還有的孩子，書包裡，除了應帶的課本文具外，總見一包一包的零食，下課零食吃多了，吃午餐就歸屬「數飯粒」那一群。去家庭訪問，原以為孩子帶零食帶校，家長是被矇在鼓裡的，所以提出來與家長溝通，妙的是家長竟回答：「怕他午餐吃不飽。」我啞口無言以對，午餐吃不飽，吃零食就吃得飽了嗎？

偶見孩子的造句：「我如果考一百分，媽媽就會給我一百元。」姑且不論其是真是假，但多少家長鼓勵孩子讀書，已達不擇手段的地步，只要孩子考得好成績，能給的莫不順其要求，只差天上的星星無法摘下來而已。如此的讀書已不是為自己而讀，孩子將視其獎勵的多寡而決定是否要認真讀書。更有甚的，為了爭取物質上的獎勵，只好用欺瞞的方式，以滿足他的需求，道盡了分數掛帥之下教育的可悲！試問如果孩子現在不能為自己讀書負責，能夠冀望他將來踏入社會後，在自己的工作崗位上盡職負責嗎？

小時曾蹲候在竈前，觀察母雞翹臀下蛋的情形，也看過母雞不吃不喝蹲在窩裡孵小雞的情景。有一回，一隻小雞在殼裡掙扎，欲出未出，瀕臨生死交接關頭，我向老媽懇求：「幫牠把殼破了吧！」老媽說：「殼必須由牠自己破，否則是活不成的。」雖然小雞最後在老媽死馬當活馬醫之下，幫牠把殼拿掉了，但隔天小雞還是死了。動物都難逃物競天擇的自然法則，何況是萬物

之靈的人類啊？

愛孩子就是要給他歷練的機會，讓他在跌跌撞撞中累積失敗的經驗，如此才能建立獨立思考的能力，培養解決問題的能力，學會對自己和他人負責。下一回，當你用愛守護你的孩子時，請思考：你的愛是否剝奪了他未來展翅高飛的力量？你的愛是否讓他用一雙發育不全的翅膀，在現實世界中面對競爭與挑戰。「怕孩子吃苦，將來他會吃更多的苦」。讓孩子適度的吃點苦，何嘗不是為他的未來，鍛鍊了挑戰困難與解決問題的能力。

——原載民國九十五年十二月三十日《金門日報》副刊

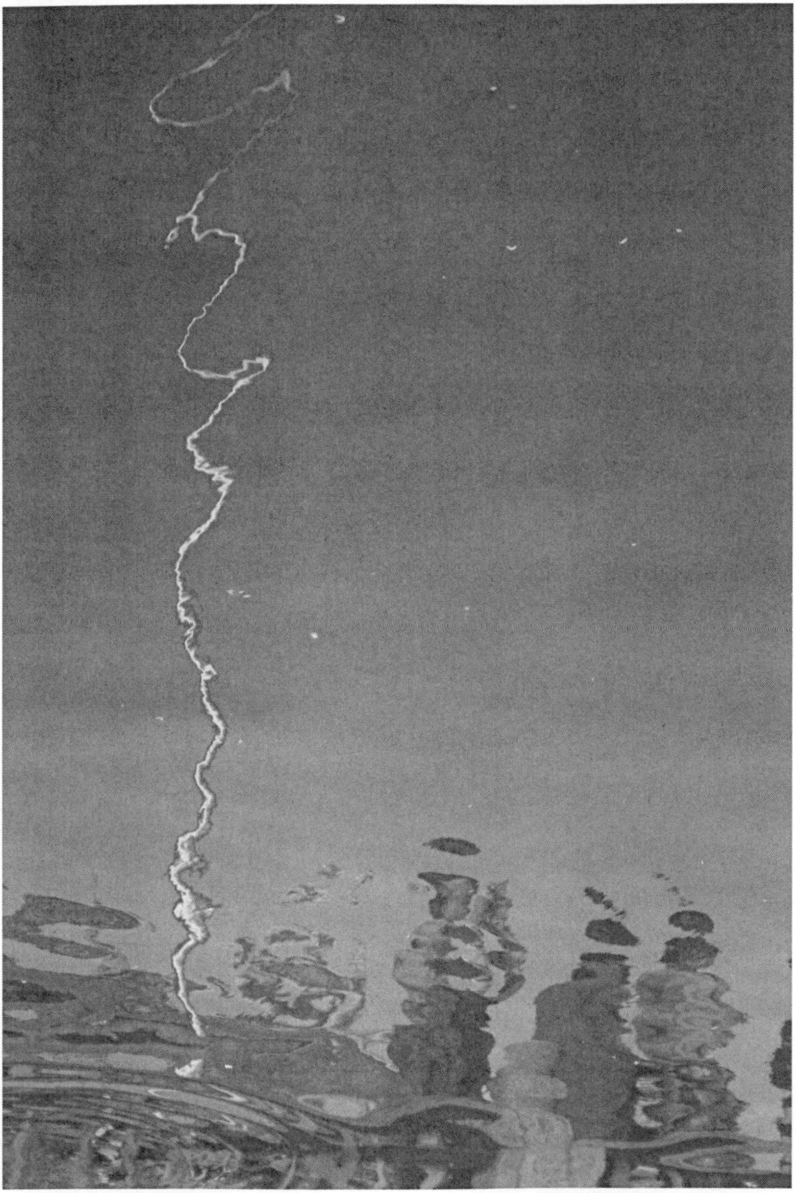

颱風無情似有情

夏季的白日，大地就像蒸籠裡的年糕，熱騰騰的，還帶著些許黏意，只差沒有入口融化而已。頂著烈日出門這檔事，就讓它化作煙塵，在人間暫時消失吧！人們只有靜待華燈初上，天邊尚遺留下那一抹絢爛的晚霞時刻，才像被禁錮已久的鳥兒，衝出令人窒礙的鳥籠，展翅翱翔。熱——成了夏季中最惹人棄嫌的話題。

「颱風來了！颱風來了！」兒子像當年發現新大陸的哥倫布一樣，帶著幾許興奮與雀躍，在電視機前嚷著。我帶著幾許疑惑，杵在廚房門口，睥睨著這人小鬼大的小人兒，腦海中的問號如冒出的春筍，直問：「這就是小孩子眼中的颱風嗎？」

不唯兒子巴望著颱風來，班上那群小蘿蔔頭也曾告訴我同樣的訊息，問他們為什麼？理由很簡單——可以放颱風假，不用上學。說真格的，何止小孩不喜歡上學，連大人我，有時也會心存僥倖，最好連放三天颱風假，至少有三天，不用像上戰場般的疲於奔命。但理智彷彿街上巡邏的警察，不時的竄出放聲大喊：這年頭怎麼啦？大人不喜歡工作，小孩子不喜歡上學，我們是不是病了？國家的未來怎麼可能有希望呢？

小孩喜歡颱風天，就像小孩喜歡過新年一樣的道理。俗話說：「大人亂糟糟，囝仔愛年兜」。小孩子見著了過新年的歡樂，耀眼的新衣、新帽，厚實好用的壓歲錢，愜意的吃喝玩樂……，但見不到大人為張羅過年，付出的辛勞與掛在心口上的憂慮；小孩子看到颱風天不用上學的悠閒，卻看不到大人為颱風過後，千瘡百孔的善後問題困擾。嗯！現在的小孩真「狠」！

問過班上的小蘿蔔頭，喜歡被人管得多，但責任少一點，還是被人管得少，但責任多一點。只有少數幾個較識大體的選擇前者，大部分都是選擇後者。問他們為什麼？理由很簡單——不喜歡被爸媽管那麼多。但……「責任」是什麼？沒人「知影」。因為他們看到的只有「管」這檔事，至於「責任」是什麼東西？就留給大人去傷腦筋吧！嗯！現在的小孩真「巧」！

小孩喜歡颱風天，好像自古至今皆然。小時也曾經歷過颱風，停電、停水是必然的。有時颱風來勢洶洶，門前的大潭總是潭水四溢，池中的大魚、小魚趁機脫逃，我們捲起褲管，手忙腳亂的抓起魚來。魚兒有沒有抓到？已無記憶，但藉機玩水，為酷暑的夏天帶來了幾許涼意，還真讓人回憶無窮呢！除此外，颱風過後，全家總動員，馬路上的倒樹斷枝，成了家家戶戶爭搶的戰利品，其中也不乏趁「颱」打劫——拔根砍樹的。颱風過後，家家門前堆放著不是滿坑滿谷的沙發、床墊、冰箱……等垃圾，而是斷枝殘葉的柴火。那種景象，在瓦斯當道的現代生活裡，還真的成了絕響呢！

不記得是哪一冊六年級的國語，有一課提到人類的科技力量，已足以使來襲的颱風轉向，白紙黑字上，記錄著人類偉大的科技發明。但多少年來，人類卻只能靜觀「颱」變，飽受颱風無情

的肆虐，苦無對策。這理論與現實之間，除了有段距離外，有時還真的要讓人橫生「大小漢」差那麼多的感慨呢！

颱風過後，電視台都在搶播颱後災情。停電、停水，這老掉牙的新聞，用鼻子想也可以得知；坍方、落石，這雨公公發怒過後的傑作，誰人不知？路斷、樹倒，這是風姐裙擺橫掃過後留下的痕跡，誰人不曉？倒是這年頭出現了一種颱風災後的新名詞——土石流。學生時代讀過「冰河」，顧名思義，河中流的是冰叫「冰河」，那時曾為之驚嘆不已。但如今河流中流的不只是水，而是夾雜著沙土和石塊，來勢洶洶，瞬間把深谷填平，將聚落掩埋，讓人聞之足以喪膽。這要肇於地震過後土質鬆散的後遺症外，也要歸咎於人類對大自然濫墾濫伐所造成的惡果。

颱風過後，帶來充沛雨量和舒緩大地熱氣的好處，卻也挾來財物損失與生活不便的痛苦。大人聞颱，人人色變，只有那天塌下來還有爸媽可頂的小孩，才巴望著颱風的來臨。真是幾家歡樂幾家愁，道盡了人間的百態！

——原載民國九十三年九月十三日《金門日報》副刊

衛生紙今古談

假日至金聯社、金城聯購物，見到堆放在牆角如山的衛生紙；看到購物人潮，闊綽的把數條衛生紙帶回家；教室裡，學生座椅下，一盒、一包的衛生紙羅列；家裡，餐桌上抽取式的衛生紙，沒兩天的工夫，就被抽取一空。我的思緒總是飄向小時候那生活貧窮、物資缺乏的年代……。

五、六十年代的小孩子，除了一張「蕃薯臉」外，最讓人印象深刻的，莫過於掛在鼻孔下那兩條潺潺不絕的鼻涕。在沒有衛生紙的年代，骯髒的小孩，舌頭往上一捲，把鼻涕舔個精光。比較乾淨的小孩，便是左右開弓，用袖子擦鼻涕了。那時的小孩，除了兩袖清風，一個錢子兒都無外，兩個袖子還黑得發亮呢！

小學時，衛生紙是稀有之物。每次如廁，用的就是學校用剩的書方紙。沒有衛浴設備的小房間，「粗桶」（裝肥水的桶子）旁，一塊破布，如受牢獄之災，被擱置在地上，直到整塊破布，都沾滿了大便，它才能功成身退的被捨棄。國中時，開始對衛生紙有了迫切的需要，但衛生紙仍是屬奢侈品。老媽偶爾買個一包，沒幾天的光景，就被搶收一空。遇到急需之時，只好跟老爸要兩塊錢，跑到小商店，畏首畏尾的向老板說：「買兩塊錢的衛生紙。」老板拆開一整包的衛生

紙，從中抽取一疊，我如獲至寶的捧著跑回家，把它妥善收藏好，深怕一個不慎，它會在空氣中消失無蹤。用它時，就如品嚐珍藏的私房菜一般，摺了又摺，直到不能再擦拭時，才捨得丟棄。

如今社會富裕，生活必需品都不虞匱乏了，衛生紙是一袋一袋的買。兒子如廁後，虛空的垃圾桶，瞬間被餵飽，塞滿了擦拭過的衛生紙，少說也有十數張，我常嘮叨他不知節省，但言者諄諄，聽者邈邈，下回他如廁後，仍是如此光景，從無改善。兩個女兒素有過敏體質，每天不打幾個噴嚏，擦些鼻涕，就不屬正常。她們的衛生紙使用量更是驚人，一疊一疊慷慨的用，彷彿咱們家是衛生紙製造工廠，看在我的眼裡，嘴裡不得不犯嘀咕：「咱們家的衛生紙是

作者自攝

不用錢買的？」

女兒讀小學時，幫她們整理書包，總是叮嚀她們要帶衛生紙，那時放在書包裡頭的衛生紙，不是一包，便是一盒，只帶一疊的，那已屬稀奇少數了。衛生紙使用量的膨脹速度，還真讓人不覺要咋舌不已呢！

女兒升國中後，不過幾年的光景，班上小朋友帶來的衛生紙，不是一包，便是一盒，只帶一疊的，那已屬稀奇少數了。

歷史上的太平盛世也不過如此吧！走一趟市場，琳瑯滿目的生鮮魚肉、蔬果，任君選擇，要什麼就有什麼，但我卻常空手而回，不是口袋裡欠「東風」，而是不知道要買什麼。全家出外用餐，挑嘴的兒女想盡了各小館的名菜，卻想不出要吃什麼，不是口袋不夠「麥克」，而是覺得沒什麼好吃的。對物質上都不欠缺的人而言，這實在是一個很可怕的空虛感。也無怪乎尋求各種感官刺激的古怪行徑會應運而生：飆車、吸毒、吃搖頭丸、……，只因現在的人，物質生活富裕了，但精神生活卻是極限空虛、貧乏，所以不得不另尋疏通、發洩的管道。

古有明訓：「物極必反」，這是一條不變的真理。地球上的資源，在現在人們窮奢極侈的浪費之後，還有多少能讓我們繼續揮霍？人們的生活能永遠如此的富足嗎？我想那是不必費大腦思考，就可以得到的答案。要知道區區的每一張衛生紙，都是地球上資源的利用，為了我們的下一代，也為了地球資源的永續使用，就讓我們從珍惜使用每一張衛生紙開始吧！

——原載民國九十二年十二月三日《金門日報》副刊

卡路里情結

近日兩則新聞，引起議論紛紛。一則「模特兒體重太瘦，將被取消登台走秀」，另一則「全球大胖子超過被餓死人數」。兩則聳動的新聞，皆有關卡路里的問題，看了不覺莞爾一笑。

小時，物質缺乏，能填飽肚子就是一件幸福的事。印象中，阿嬤一輩子都處於飢餓狀態中，她的經典名言：「肚子就像一把傘，有得吃時，趕快把它撐大；沒得吃時，就把它束收起來」，道盡了那年代人們對「卡路里」攝取的貪婪與無奈。那是飢餓的年代，也是沒有「卡路里」情結的年代。

什麼時候開始有「卡路里」情結，確切的年齡已不可查考，但可以確定的，它隨著年齡增長而愈趨嚴重。記不得是什麼時候，悄悄買了一臺體重計，三不五時就從桌底下拿出，覷著那根指針，偏左，喜形於色半天；偏右，節食聲開始廣播。一根指針，決定了「卡路里」的攝取與否。

大街上，隨便找一個女人問，八成會說：「我太胖了！」難怪女同事中，燕瘦的小妞嚷著要減肥，稍具福態的阿嫂，那就更不在話下了。減肥之風能不如野火竄燒，燒得滿天通紅嗎？打開報紙，塑身廣告一則接著一則；打開電視，減肥廣告一個接著一個。「贅肉」這兩字惹人厭之程

度，比之見鬼著魔更甚，人人避之唯恐不及。但餐桌上「食無肉」，卻又惹得人人面有菜色，尤其以現今偏食的小孩更甚。

多數小孩是喜肉厭菜的，身材胖瘦對他們而言，仿若隔壁阿花男朋友的弟弟長牙齒，聽聽就算了。會為他們體重擔憂的，應該是他們的家長吧！小朋友一胖，吵起架來，最怕被罵「胖豬」，對小孩子而言，「胖」是用來罵人的，大人則用來衡量美醜與健康。隨著愛漂亮年齡來到，根據坊間諸多的研究調查，「胖」成了男女朋友交往的致命傷，年輕人大多不願意他的朋友是一個胖子的，可見「卡路里」情結，在青少年時期就悄然埋下種子。

隨著年齡增長，「卡路里」情結，日漸滋長茁壯。學校裡，同事出遊，常攜回特產與大家分享，辦公廳滿桌的特產美食，大多數人總要嚐新一番，能夠抗拒誘惑的畢竟少數，難怪同事們常開玩笑：「哪一個又要來陷害我們？」讓人聽了不覺會心一笑。學校辦體適能測驗，一位女同事上體重計前，大聲嚷著：「我最怕體重計了」，大有接到燙手山芋意味，站上體重計，就會觸電似的，原來她犯的「卡路里」情結比我更甚，令我折服的是她能用調侃自己的方式把它表露出來，不像我總是在內心深處玩著捉迷藏。

生活的富裕，讓大家不愁吃，可以隨心所欲的吃，天上飛的，地上爬的，水中游的，……無所不吃。因之現代人攝取卡路里，總是要左思量，右斟酌，深怕今天一個貪嘴，要成為明日的負擔。模特兒為了保持好身材，一天吃兩個蘋果，只為了台上亮麗的演出。長久下來，造成營養不良，那才是被取消登台的真正原因。大胖子比餓死的人數多，是一件憂喜參半的訊息，喜的是人

類大多是豐衣足食的。但過多的營養屯積體內，造成各種慢性疾病的產生，這何嘗不是一件令人擔憂之事？從今天起，還是管好自己的饞嘴，解開「卡路里」情結，做個健康的人吧！

——原載民國九十五年十月十二日《金門日報》副刊

媒人嘴

一位至親甚少出遠門，回來時，我至機場接她，方知她在好友的誠摯邀請下，放下手邊不能稍卸的瑣事，渡海赴台去扮「媒人」紅角了。我聽罷，不禁呵呵笑個不停，想著這自由戀愛已成世風的當今，「媒人」該是一個何去何從的角色？從機場到回家的途中，竟也讓我看到了人生「有與無」之間的詭譎玄妙。

在過去刻板的印象中，一襲紅衣，額綰黑板帶，臉撲紅粧，手持一條紅手絹，唇角一顆豆大般的黑痣，一路扭腰擺臀，搖曳生姿走來的媒人婆，在古時的男女婚嫁大事上，扮演著舉足輕重的角色，一樁姻緣，成也媒婆，敗也媒婆。朦朧恍惚間，我彷彿看到她如花欉間嗡嗡作響的蜂蝶，滿園忙碌穿梭，這朵花兒嗅嗅，那朵花兒探探，為這世間紅男綠女，串起了一座座婚姻的橋樑。滿園庭花綠草，因為有了她的穿針引線，更見一片欣欣向榮與生機盎然。

「成就三對美好姻緣，勝造七級浮屠。」是過去對媒婆厥功甚偉的肯定與推崇。小時就曾親身目睹耳聞，媒人至村中長得如花似玉，已屆適婚年齡的姑娘家，吹捧著男方不煙不賭，還有西裝幾

套的影像。小小年紀當時想著是又有喜酒可喝了；宴席後，分送至家中的「雜燴菜」，可讓平日鮮少魚肉腥味的唇齒，留香數日的幻想。至於那「媒人嘴」有幾分虛實真假，倒是了無興趣去探究。

曾幾何時，社會的體制與價值觀驟變，速度之快，已到讓人尚在躑躅猶豫，兩相茫然不知所措之時，新的變化又生，讓計畫永遠追不上變化。媒人婆的角色從主控婚姻成敗要角，已退居到婚禮場面之充數者。男女經由戀愛而生相伴一世的念頭，在走進結婚禮堂之前，為了禮俗的需求，只好邀拉一位較具福相的婦人充當媒人，不論其是身材福態，或是家庭美滿福氣，大部份都是雙方長輩邀來的人選，至於這場婚禮的真正男女主角，可能完全不識此人。只因為她要在這重要的場合，說上幾句吉祥的話語，祝禱這對男女一生一世綿綿長長，

白首偕老。

「說了就代表真的擁有了嗎？」一趟可能期待已久的旅遊，從出發前等待的未來式，到身歷其境的進行式，再到最後成過眼雲煙的過去式，留下的是什麼？一年一次的生日或紀念日，期盼日子的到來，等待生日禮物與慶祝的饗宴，直到美食下肚，鮮花凋萎，禮物蒙塵，最後遺下了什麼？我想這中間應該涉及物象與抽象的區別吧！物象的一切終將隨時間的流逝，不復蹤影，只剩下腦海中的回憶影像在幻化、迴盪。既然物象的一切都將消失不見，那十四吋的蛋糕與八吋的蛋糕有何差異？高級餐廳的龍蝦宴與路邊攤的擔仔麵又有何區別？深烙人們心中，久久不忘的應該是那不存物象的心意吧！老掉牙的故事，乞丐捐出身上僅有的兩元與富翁捐出九牛一毛的兩千萬，哪一個捐出的比較多？我想物象錢數的多寡不是重點，重點應該是隱於內之心意輕重啊！

西方人常將「我愛你」掛嘴邊，更視互相擁抱為親密。這幾年來，西風東漸，東方人也漸漸能夠敞開心胸，將自己的情感表達出來，這是可喜的現象。生活週遭很多例子，母子、母女能夠相擁說「媽咪愛你」或「我愛媽咪」，這已不稀奇；同學、朋友久別重逢，互相來個大擁抱，旁人亦不覺突兀。台北捷運線上，就曾看過一幅廣告，一位即將步入結婚禮堂的男子擁著他年已花甲的老父，動畫的旁白是某飯店是適合婚宴的場所。那父子緊緊相擁，因激動而眼懸淚光的畫面，一直深印在我的腦海中，換作那相擁的是一對母女，我想我就不會對她們那麼印象深刻了。畢竟男人是比之女人更怯於表達情感的動物，尤其是父子、兄弟或朋友之間更甚。官場應酬上，

男人間舉手示意或伸手相握的模式，畢竟還是缺少了女人先天具有的感性魅力啊！

「恨掛在嘴邊，愛藏在心裡」，當愛意成了物象或聲音之後，其誠摯度就降低了。我相信欲哭無淚之痛楚勝過能夠嚎啕大哭，我更相信真正的愛是不輕易出口的，出口的愛，將如開瓶後的陳年酒釀，隨著空氣的溫度而降低了它的精醇度。

有與無，一線之間而已。乍看之下，具物象形於外的「有」，好像勝過隱於內虛渺的「無」，因為人們總是相信眼見為憑，耳聞為真，其實隱於內的「無」，那才是真正「有」的最高境界啊！

——原載民國一〇〇年三月七日《金門日報》副刊

語言文學類　ZG0084

防空洞上的番石榴

作　　者／薛素瓊
攝　　影／陳則錞
責任編輯／鄭伊庭
圖文排版／王思敏
封面設計／陳佩蓉

贊助單位／金門縣文化局
出 版 者／薛素瓊
法律顧問／毛國樑　律師
製作發行／秀威資訊科技股份有限公司
114台北市內湖區瑞光路76巷65號1樓
電話：+886-2-2796-3638　傳真：+886-2-2796-1377
http://www.showwe.com.tw
劃撥帳號／19563868　戶名：秀威資訊科技股份有限公司
讀者服務信箱：service@showwe.com.tw
展售門市／國家書店（松江門市）
104台北市中山區松江路209號1樓
電話：+886-2-2518-0207　傳真：+886-2-2518-0778
網路訂購／秀威網路書店：http://www.bodbooks.com.tw
國家網路書店：http://www.govbooks.com.tw
圖書經銷／紅螞蟻圖書有限公司
114台北市內湖區舊宗路二段121巷28、32號4樓
電話：+886-2-2795-3656　傳真：+886-2-2795-4100

2011年7月BOD一版
定價：280元
版權所有　翻印必究
本書如有缺頁、破損或裝訂錯誤，請寄回更換

Printed in Taiwan
All Rights Reserved

國家圖書館出版品預行編目

防空洞上的番石榴 / 薛素瓊文 ; 陳則錞攝影. -- 一版. --
金門縣金城鎮 : 薛素瓊, 2011.07
面； 公分. --（語言文學類 ; ZG0084）
BOD版
ISBN 978-957-41-8229-9（平裝）

855 100011089

讀者回函卡

感謝您購買本書，為提升服務品質，請填妥以下資料，將讀者回函卡直接寄回或傳真本公司，收到您的寶貴意見後，我們會收藏記錄及檢討，謝謝！

如您需要了解本公司最新出版書目、購書優惠或企劃活動，歡迎您上網查詢或下載相關資料：http:// www.showwe.com.tw

您購買的書名：________________________________

出生日期：_________年_________月_________日

學歷：□高中（含）以下　□大專　□研究所（含）以上

職業：□製造業　□金融業　□資訊業　□軍警　□傳播業　□自由業

□服務業　□公務員　□教職　□學生　□家管　□其它_____

購書地點：□網路書店　□實體書店　□書展　□郵購　□贈閱　□其他

您從何得知本書的消息？

□網路書店　□實體書店　□網路搜尋　□電子報　□書訊　□雜誌

□傳播媒體　□親友推薦　□網站推薦　□部落格　□其他__________

您對本書的評價：（請填代號　1.非常滿意　2.滿意　3.尚可　4.再改進）

封面設計____　版面編排____　內容____　文／譯筆____　價格____

讀完書後您覺得：

□很有收穫　□有收穫　□收穫不多　□沒收穫

對我們的建議：________________________________

請貼
郵票

11466
台北市內湖區瑞光路 76 巷 65 號 1 樓

秀威資訊科技股份有限公司 收

BOD 數位出版事業部

(請沿線對折寄回，謝謝！)

姓　　名：＿＿＿＿＿＿＿＿ 年齡：＿＿＿＿ 性別：□女 □男

郵遞區號：□□□□□

地　　址：＿＿＿＿＿＿＿＿＿＿＿＿＿＿＿＿

聯絡電話：(日)＿＿＿＿＿＿＿＿ (夜)＿＿＿＿＿＿＿＿

E-mail：＿＿＿＿＿＿＿＿＿＿＿＿＿＿＿＿